淺草鬼妻日記 十

妖怪夫婦大步迎向未來 上

友麻碧

輕文學
Light Literature

目錄

淺草鬼妻日記 登場人物介紹

擁有妖怪前世的角色

夜鳥（繼見）由理彥

真紀和馨的同班同學，擁有假扮人類生存至今的妖怪「鵺」的記憶。目前與叶老師一起生活。

茨木真紀

昔日是鬼公主「茨木童子」的高中女生。由於上輩子遭到人類追殺，這一世更加渴望獲得幸福。

天酒馨

高中男生，是真紀的青梅竹馬也是同班同學，仍然保有前世是茨木童子丈夫「酒吞童子」的記憶。

前世的眷屬們

《酒吞童子 四大幹部》

熊童子

虎童子

生島童子

水屑

《茨木童子 四眷屬》

深影

水連

木羅羅

凜音

其他角色

小麻糬

津場木茜

叶冬夜

這並非這個世上的存有。

堆一顆石頭是為了父親。

堆兩顆石頭是為了母親。

堆三顆石頭是為了故鄉……那段回不來的日子。

那麼，

這個故事究竟從何而起？

這個故事的完結，又意味著什麼？

而這個故事要前進的方向——

未來，究竟有什麼在等著呢？

大約一千年前。

兩個鬼擾亂了平安盛世，名叫酒吞童子和茨木童子。

知道這兩個鬼分別是一男一女，而且是一對夫婦的不在少數。

因為這對鬼夫婦昔日在大江山建立了妖怪之國，以王及女王的尊榮之姿在妖怪間蔚為傳說。

但無論哪個年代，支配這個世界的總是人類。

人類，代表正義。

妖怪，代表邪惡。

因此妖怪總是人們畏懼的對象，難逃被人類英雄討伐的命運。

遭人類殘暴對待的妖怪。

失去安身之地、流離失所的妖怪。

這些妖怪受到鬼夫婦的庇護，在大江山的妖怪之國過著幸福的日子。

但朝廷卻因日益壯大的這個國度備感威脅，加上妖豔的女狐狸在一旁搧風點火，

最終拍板定案要消滅「妖怪之國」。

接下滅鬼重任的是當代豪傑源賴光與他麾下的四天王。

陰陽師安倍晴明透過占卜找出隱藏在大江山裡的妖怪之國，在女狐間諜潛入妖怪之國後的裡應外合之下，一群人類退魔師鬥志昂揚地殲滅鬼。

妖怪之國的象徵，巨大的藤木陷入火海。

雪鬼死守退路以爭取時間讓弱小妖怪們逃跑，最終命喪黃泉。

八咫烏四處尋找藤樹倖存的幼苗，並在找到後賭命保護。

鬼獸姊弟在奮戰中彼此掩護，依然身負瀕死重傷。

大江山這些幹部原本是所向披靡、戰無不勝，但那隻女狐狸假意獻上名為「神便鬼毒酒」的異界美酒，封印住幹部們的力量。

儘管如此，為了守護自己的國家，這些妖怪仍舊奮勇作戰。

然而，一國之君酒吞童子心裡明白。

大江山氣數已盡了——

他摧毀當初以結界術一手建造的國度，只希望最心愛的妻子能順利逃離，而酒吞童子自身則被源賴光砍下首級，當場命喪黃泉。

砍下酒吞童子首級的是寶刀「童子切」。

沒錯，就是這一刻。

就在童子切砍下酒吞童子首級的這一刻，拉開了這個故事的序幕。

那是酒吞童子最深愛的妻子「茨木童子」的故事。

一個悲戚女鬼染滿憎恨及復仇色彩的故事。

深愛的丈夫遭到殺害，茨木童子無法遏抑的龐大憎恨驅使她化為惡妖。
為了奪回酒吞童子的首級，她投身於漫長的戰役之中。
即使失去了右臂。
即使要自甘墮落，身體飽受邪氣侵蝕。
茨木童子依然一心渴求「酒吞童子的首級」，殺了一個又一個數不清的敵對人類及妖怪，一再犯下足以墜入地獄的深重罪孽。
她暗無天日的生命，終於在明治初期畫下句點。
終結在我手中。

是人類錯了？還是妖怪錯了？
或者，其實沒有任何一方錯了呢？

不。說到底這些戰役的源頭究竟從何而起，只有我曉得。
幕後黑手每一次都是那隻「女狐」。

替人類創造機會殺害酒吞童子，殲滅妖怪之國的，是酒吞童子當時的部下——女狐「水屑」。也許大家更熟悉的是她的另一個名字，「玉藻前」。

說起來，那隻女狐狸根本不是這個世界的居民。

她是來自名為常世這個異界的九尾狐。

名為常世的異界正在步向毀滅，因此一些九尾狐打算侵略現世，尋找建立下一個居所「妖怪之國」的方法。

有鑑於此，現在正是不容許現世居民繼續分裂成人類和妖怪兩方，針鋒相對的緊要關頭。人類和妖怪必須齊心協力，阻止來自常世的侵略。

能夠牽繫起雙方的，只有依然記得前世身為鬼的經歷，這一世卻投胎成人類的酒吞童子和茨木童子。

他們的名字是天酒馨和茨木真紀。

兩人的相遇是星宿定下的命運。
我從千年前就明白。
無論要轉世多少次，他們兩人終究會再度相遇、墜入愛河。
到那時候，就是時代更迭的轉捩點。

我等了千年。
我曾許下承諾，一定會再讓妳見到他。
為了讓你們獲得幸福，我一路堅持到這個時代。
因為我始終後悔，在千年前的那個時代對鬼夫婦見死不救。
那造成的後續悲劇，沉痛經過，所有戰鬥，我全都曉得。
於是我發誓，在這個時代，絕不會對那兩人見死不救。

這一世，我一定要讓你們獲得幸福。
你們正是為此相遇，死亡，轉世，又終究重逢的。

第一章
淺草遭到封鎖

我是茨木真紀，一個普通的高三女生。

不對，普通的高中女生不會被刀貫穿側腹，差點喪命還去了地獄一趟。

我有祕密。一些曾經設法隱藏，卻終究無法瞞到底的祕密。

那就是，我其實記得前世發生的事。

我是千年前惡名滿天下的「茨木童子」這個鬼轉世的。

那個鬼一心執著於老公酒吞童子的首級，犯下無數惡行，罪孽深重到應該下地獄。而我，必須在日後的人生中致力彌補那些罪過。

儘管如此，我無意放棄自己的人生。

這一世我一定要獲得幸福。

○

被凜音抓走那次，是在三社祭的時候嗎？

那之後我就沒再回過淺草，先是與吸血鬼大戰一場，又到地獄走了一遭，現在好不容易才回到現世呢。

儘管發生了很多事，在這個現實世界，實際上卻只過了一、兩個星期。

然後現在——我珍愛的淺草正陷入巨大危機之中。

宿敵九尾狐水屑從京都陰陽局搶走了酒吞童子的首級，目前正藏匿於淺草某處。

淺草整個包覆在異樣的妖氣中。

遠遠望去可以看得一清二楚，淺草上空籠罩著漆黑烏雲般的不知名物體，似漩渦不住轉動，滯留在原地。不知道是水屑施了什麼妖術還是其他鬼東西……

居住在淺草的人類一接觸到這股妖氣，不是身體不舒服就是當場昏倒，據說甚至有幾個人因此死亡。

據說目前官方是以恐怖分子施放毒氣這種說法蒙混過去。

我在腦中整理現在的情況。

淺草地下街妖怪工會正疏散淺草居民去避難了。

由理、凜音和木羅羅可能是發現到什麼，去淺草的狹間了。

陰陽局諸位成員正在為即將面臨的大戰做準備。剛才也收到消息，馨和津場木茜已經從京都回到東京了。

至於我，則在長男眷屬阿水的隨侍下，正在趕往淺草的路上……

「哎呀呀，淺草進不去耶。」

我們來到藏前附近，沒想到這一帶已全部拉上禁止進入的封鎖線和注連繩，一般人是進不去的。

那副光景與日常相差甚遠，極為異常。

逃到外頭的人們紛紛流露出不安的神色，有的哀號著身體難受，有的驚慌失措，有的哭了起來，現場也來了多輛救護車。

一個貌似陰陽局成員的人類守在注連繩前，看來沒辦法輕易進去淺草。

「不過這結界真是不得了，阿水。陰陽局的注連繩，七福神以淺草寺為中心設下結界，還有叶老師的四神的結界，足足有三層耶。」

「為了避免淺草裡面滿滿的妖氣漏到外頭。這表示那股妖氣對人類的危害相當嚴重。我沒想到淺草會陷入這麼惡劣的狀況。」

阿水當時正竭盡全力治療我瀕臨死亡的肉體，淺草的慘狀都只能透過電視新聞得知，而現在情況又不斷在持續惡化。

「怎麼辦？真紀。」

「你問怎麼辦喔，這種時候也只能強行突破了吧。要把杵在那裡看守的人類打趴到地上就是了。」

我伸手指向那個不管左看右看都像是陰陽局成員，正守在注連繩前方的男人。

「那樣又要引發事端了，感覺會槓上陰陽局耶……」

「怕什麼。只要進去裡面，就是我們的天下。而且我們直接下去裏淺草，他們根本追不過來！」

「我們好像逃獄的犯人喔～」

於是，我和阿水互相點了個頭，一把將黃色警戒線連同注連繩都抓在手中，嘴裡吆喝著「嘿咻」就高舉起來。

然後光明正大地，鑽過去。

「等、等等等等！你們在幹嘛！這裡禁止一般人進入！看就知道了吧！」

那個人類果然注意到我們異常的舉動，慌忙衝過來。
應該是陰陽局成員，身穿西裝，路人長相的年輕男人。
那個路人先生發現阿水是妖怪，神色一凜，立刻退後一步，從懷中掏出專門用來對付妖怪的靈符。
他的動作十分流暢，我心想，啊啊果然是陰陽局的退魔師。
「你們是誰。該不會是ＳＳ級大妖怪玉藻前那一夥的吧？」
路人先生瞪著我們。
看來這次主謀是玉藻前的消息，已經連這種小角色都聽說了。
但他似乎還沒認出來我和阿水是誰，於是我們就……
「哎呀呀，陰陽局這些人情報傳遞好像不夠確實呢。」
「我雖然是妖怪沒錯，但不是玉藻前那一夥，算是茨木童子那一派的吧～」
陰陽局的路人先生聽了我和阿水一搭一唱，才露出恍然大悟的表情。
「什麼？茨木童子？」
他神情戒備，同時目不轉睛地直盯著我這個身穿水手服的高中女生。
「難道妳就是……傳聞是茨木童子轉世的茨木真紀？咦？可是，怎麼可能，我聽說她死了……」

「沒，沒死，的確是在生死關頭徘徊了一下。但我又活過來了，所以讓我們進去吧。」

「等、等一下！妳說不定是假冒的，我要先請示上級……」

我都說到這個地步了，陰陽局的男性還打算阻攔我。

「請示上級？我說你呀。」

我實在傻眼到爆，故意歪著頭這樣說。

再將手中那把刀猛地朝路人先生一伸，讓他看清楚。

「這把刀可是青桐直接交給我的喔。青桐在陰陽局有多了不起，我是不太清楚，但我想位階多半比你高，萬一你挨罵了，就把所有錯都推到那位腹黑的眼鏡兄身上。這樣行了吧。」

「咦？啊，是青桐先生……」

陰陽局的路人先生頻頻瞄向刀鍔，確認我的話有幾分真實性。

那是青桐特地借我的「斬妖專用」的刀，上頭刻著代表陰陽局的晴明桔梗紋。

一見到晴明桔梗紋，路人先生放下戒心說「過去吧」。

我在內心鬆了口氣，「幸好不用真的把這傢伙打趴」。表面上則哼了一聲，耍帥撥了下頭髮，毫不客氣地走進去。

走向妖氣瀰漫、空氣黯淡的淺草。

「喂！」背後那個陰陽局男又用破掉的嗓音喊。「你們可能還不曉得，裡面情況很惡劣，真的很惡劣。就連退魔師都不能掉以輕心，充滿了強烈的妖氣。」

「……」

「即使是這樣，你們也有辦法翻轉局勢嗎？」

我和阿水回過頭。

我臉上浮現無敵的笑容，回他一句話。

「我就是為此才回淺草的，從地獄的盡頭回來的。」

愈往淺草的中心地帶走，妖氣就愈是濃厚。

我下意識抬起手臂掩住嘴。

「這妖氣的確不得了，我都快嗆到了。」

「連妖怪都會不舒服的話，人類肯定連幾秒鐘都受不了吧。淺草地下街那些人不知道有沒有事。這些妖氣的源頭，八成是天空中的那個黑色漩渦……」

阿水指向天空。

淺草的天空被像是漩渦狀積雲的東西覆蓋住了。

只要吸進一口氣，喉嚨就陣陣刺痛，泛開一股苦味。我要不是早就習慣地獄的邪氣，這副人類身軀不曉得撐不撐得住……

當然，居民幾乎都撤離了，這一帶似乎空無一人。

隅田川沿岸的江戶街安靜到嚇人。

我和阿水終於來到淺草站附近。淺草平日的活力已不復見，感覺簡直像來到陌生的土地。

淺草裡零星散布著妖怪們運用術法創造出的無數個結界空間「狹間」。

裏凌雲閣、裏合羽橋、裏仲見世街……等集合起來總稱為「裏淺草」。

平時由隸屬於淺草地下街妖怪工會的人類及妖怪在管理，現在也是妖怪們做生意、辦活動及休息的場所。

據說水屑有極高可能已占據了「裏淺草」的狹間做為據點。但她可能躲到相當深的地方，目前還不知道精確的位置。

我，茨木真紀警戒地環顧四周，先到位於淺草站正下方的淺草地下街。

我想去一趟妖怪工會的辦公室。

即使沒有感受到人類的氣息，我和阿水還是打開了辦公室大門。裡面很暗，果然沒人在，但我驚覺黑色皮革沙發上縮著一團毛球。

我慌忙跑近沙發，阿水打開辦公室的電燈。

「風太！你怎麼了？」

「大姊，太好了，妳來了……」

縮在沙發上的那團毛球是豆狸風太。

他聲音虛弱，自豪的一身毛皮此刻也凌亂不堪。

風太是住在我那間破公寓隔壁的人，喔不，隔壁的妖怪。

他和經營蕎麥麵店的父親都是在淺草落地生根多年的妖怪，祖先是過去曾侍奉酒吞童子及茨木童子的豆狸。

「發生了什麼事……你傷得好重。」

看來是已經做過急救措施，身受重傷的風太疲乏無力地癱軟著。

藥師阿水從自己懷中掏出妖怪專用的傷藥及止痛藥，重新幫風太上藥。過程中，風太用微弱的聲音告訴我來龍去脈。

「今天早上，我跟平常一樣在裏淺草打工，幫大家引路。結果……那些傢伙突然來了。」

「那些傢伙？」

「狐狸女。」

身穿白拍子（註1）的服裝，一隻美豔的女狐。

以及她麾下幾個威風凜凜的大妖怪。

那隻女狐肯定是水屑。而且，就如同陰陽局口中所說的「玉藻前那一夥」，看來也有一些妖怪追隨水屑。

風太說，水屑無預警出現，襲擊那些在裏淺草悠哉平穩度日的妖怪，以及待在綜合詢問處的風太他們，還得意洋洋地笑著宣告：

「肚子餓了是要怎麼打仗。」

接著，不帶一絲一毫的惡意及敵意，出手攻擊那些弱小妖怪，把他們抓起來，吞下肚裡。

小妖怪們四處竄逃，在恐懼中被撕裂、被生吞、被貪婪地啃食……

風太似乎是想起了那些悽慘的畫面，雙手抱住頭不斷顫抖，一一說出那些被吃掉的妖怪的名字。

其中也有一些我很熟、平時很照顧我的妖怪。

「大家，全部，都被吃掉了。被水屑吃掉，還有那女人的同夥。我爸和小節當時也在裏淺草，但我們在逃命過程中走散，也不知道他們後來怎麼樣了。我，只有我，什麼都做不了，只能一個勁地逃……」

風太說，大家叫他拿著淺草地下街管理的萬能鑰匙，去通知大和組長和陰陽局這件事。因此他必須第一個逃離現場。可是——

「嗚，嗚。我是笨蛋、膽小鬼，什麼都做不到。」

風太深深感到懊惱，流下悔恨的淚水。

「……風太。」

他根本不在乎身上的疼痛，一心只擔憂夥伴、朋友和家人的安危，因恐懼不安而哭個不停。

我驀地咬緊下唇。

咬得太過用力，自己都能感覺到鮮血從嘴唇滑下，流到下巴。

註1：原本是雅樂的一種節拍名稱，通常以「白拍子」伴隨歌舞在宮廷或寺廟神社的法會中演出。平安朝末期至室町時代，因為遊女（妓女）極為流行演出這種歌舞，後便成為專指從事這類職業女性的通稱。她們上穿寬袖及膝外衣，下穿長褲，頭頂高高的飾物。

「真紀，冷靜。」

其實不需要阿水提醒。

我現在這樣已經是有在保持冷靜了。

「風太，你的懊悔由我來替你報仇。你傷得很重，等藥效發揮作用，傷口不痛了，你就盡快離開這裡。」

「大姊，妳呢？」

「我當然是要去打倒最終的大魔王。不只大魔王，還有那些小嘍囉跟中級魔王。那些傢伙膽敢傷害淺草的大家，我要把他們全都打得屁滾尿流，從淺草擊出場外再見全壘打。」

那是過去為了維持淺草的治安，我經常掛在嘴巴上的一句口頭禪。

「裏淺草肯定還有一些妖怪活下來了，我一定會救出他們的。我向你保證。」

我直直望著風太的雙眼，眼神堅定地承諾。

「所以，我想去裏淺草一趟，你可以把萬能鑰匙借給我嗎？」

「咦？不、不行啦！現在裏淺草已經被水屑她們占領了！她們真的不是普通厲害。才看一眼，那個妖氣就要嚇死我了。等級差太多了。原來那就是傳說中的大妖怪，大姊，就算是妳出馬也……」

「……你這傢伙，我剛才的話你有聽見嗎？既然要打倒大魔王，除了深入敵方巢穴之外沒有其他辦法。不過話說回來，那原本就是我們的地盤吧。」

「可、可是……」

風太陷入天人交戰。

他很希望自己那些夥伴能獲救，卻又不希望我去戰鬥。

他的掙扎顯示出，敵方的殺氣及妖氣是多麼令他深感畏懼。

「我可是淺草無敵的女英雄，茨木真紀。這一點你也清楚吧，我很強。」

「我知道！我當然知道……大姊妳很強。可是，大姊，妳是正義的夥伴，那些傢伙卻是純粹的惡。社會上像大姊這種好人，總是會被充滿惡意的大妖怪傷害。」

風太是生長於寬鬆世代，個性極為溫和的妖怪。

他太害怕我會受傷了，可是……

「你怎麼就聽不懂人話咧。淨說些喪氣話，再這樣我就要把你煮成狸肉火鍋吃掉囉。」

我拎起受傷哭泣的小豆狸的後頸，出言恐嚇。

風太的眼淚咻地縮回去，全身抖得更厲害了。

「風太，你聽好。你可能不知道，但我並非純潔無瑕的正義夥伴。我過去是鬼，犯下了無數深重罪孽，你聽了肯定會想退避三舍的。那些事可是嚴重到會讓我墜入地獄喔。」

「大姊……？」

「我隱瞞前世犯下的罪，一天到晚嚷嚷著這一世一定要獲得幸福，還對馨說謊……過去簡直像在贖罪似地，不停幫助淺草的妖怪們。從雞毛蒜皮的小事到重大情況，做了各種努力。」

我說著，露出苦笑。

看著風太，我不禁想起自己、馨和由理三個人之前每天在和平的淺草四處奔走，忙著幫妖怪解決問題的那段日子。

明明才沒多久前的事，我卻感覺非常地懷念……

當時我真心認為我們可以在我的謊言、其他人的謊言都不被揭穿的情況下，好似置身於甜美安穩的夢境那般，一直生活下去。

「但是，我決定不再逃避了。我終於明白，謊言不會帶來我想要的幸福。」

水屑是我最大的仇人。不管那隻女狐有什麼苦衷，我都必須使出渾身解數和她一決勝負。我絕不會讓那個女人再次奪走、破壞我寶貴的容身之處。

把這股強烈的決心化為文字說出來，讓我更堅定自己的方向。

「我懂了，大姊。對不起，我說了一堆喪氣話。」

風太似乎也感染到我的決心，他用力抹去眼淚。原本驚慌畏怯的一顆心，好像稍微穩定下來了。

「妳一定要平安回來。」

然後，他伸出豆狸的小手，取下一直擺在頭頂上的那片葉子朝我遞來。

那片葉子一到我手裡，就化為一把略帶髒汙的金色鑰匙。

那是能自由通行裏淺草各處，淺草地下街妖怪工會專用的萬能鑰匙。

「風太，謝謝。最愛你了。」

我緊緊抱住風太，在他額頭親了一下。

原本靜靜待在一旁的阿水，忽然鬼吼鬼叫起來地說：「啊——好羨慕！」

「大姊，馨哥呢？」

豆狸風太突然問我。

想必是馨居然沒跟在我身旁，讓他覺得怪怪的吧。

「他很快就會過來，馨最擅長找到我了。」

我把萬能鑰匙插進辦公室內的一幅畫正下方。

那幅畫畫了一個餐桌，正中央那顆蘋果裡就藏著鎖孔。鑰匙插進鎖孔後，我使勁一轉。

「開啟，『裏淺草』——」

下一刻，那幅畫的表面就如同水面浮現出波紋，又逐漸形成一個拱門狀的入口。

穿過去後就到了，裏淺草一丁目。

一來到這裡，我就感覺到視野中的彩度瞬間降低了。

裏淺草的空氣雖然一如往常的潮濕混濁，但其中帶有一股異樣的緊繃感。

一股宛如殺氣殘香的氣味及血腥味，霸道地盪漾在空氣中。

第二章 名字是大嶽丸

「真沒想到，跟水屑最終決戰的地點居然會在裏淺草……」

一邊沿著裏淺草的數珠川向前走，我嘴裡忍不住一邊嘟噥。

我們用風太交給我的萬能鑰匙前往各處，巡視水屑一夥人肆虐、破壞過的種種痕跡。

裏淺草內的建築物和戶外空間一片狼藉，簡直就像有炸彈爆炸或發生了大型災害一樣。

只是不曉得什麼原因，都沒看見受傷的妖怪或是悽慘的遺體。

也有可能只是連骨頭和肉屑都被吃得一乾二淨而已，但現場就算有血跡，也不見其他任何殘留物。

這一帶並沒有妖怪施暴後的痕跡。數珠川的位置在裏淺草也算是特別偏僻，可能是敵人還沒有注意到這裡。

如果這種偏遠地帶還有小妖怪活下來就好了……

原本這裡是洗豆妖在清洗紅豆的地方，遠處還有大片紅豆田。

以前我和馨去合羽橋約會時也曾路過這裡。

現在卻不見那群洗豆妖的身影，只偶爾有幾顆紅豆靜靜流過數珠川的水面。

一直走在我身後的阿水，似乎想打破這股緊張感及混濁的空氣。

「對了，妳剛才和風太講話時，說了『原本就是我們的地盤』這種話啊。我可是記得很清楚喔。」

他說完這句話，就豎起食指開始說：

「其實淺草的狹間，也就是俗稱的『裏淺草』，基礎是過去由茨姬一手建立的。馨要是知道這件事，肯定會驚訝到說不出話來吧。說不定還會覺得地位不保呢。」

我抬起頭瞄了阿水一眼，不甚認同地皺眉。

「那都是大魔緣時期的事了，而且我只是模仿酒吞童子做的。現在我的狹間結界術也不太行了。馨可以用人類的身體隨心所欲地驅使狹間結界術，才真的是厲害。」

沒錯，淺草地底下密密麻麻的狹間結界，一開始是大魔緣茨木童子做的。

當時，日本因明治維新處在劇烈動盪之中。

原先封閉的東方島國大門突然被撬開，異國文化及資訊不斷湧入，妖怪們在日本的容身之處又更受到壓縮，他們跟不上時代變化的速度而陷入無助的處境。

我當時考量到這些妖怪需要一個暫時的棲身之所，就在淺草這塊土地做了幾個狹間結界，成為簡易的逃難處。

話雖如此，當時的規模不比現在，頂多像是零星散布在淺草各地的鼴鼠巢穴。

大部分結構都是後來其他妖怪接力做出來的，再加上連接的通道，才形成現在這樣狹間之間可相互通行的大規模迷宮。

嗯，我知道在我死後領導這件事進行的，正是現在我身後的阿水。

茨姬生前未能完成的心願，阿水作為眷屬，義不容辭地在淺草落腳，接手做下去。

「真紀，妳大概不曉得，在世界大戰時，這一帶的狹間也發揮了防空洞的作用，讓東京的妖怪有地方逃生喔。有好多妖怪都因此逃過一劫。」

「這樣啊。對耶阿水，你還經歷過戰爭。」

「當然，那個時代真的很慘烈。」

阿水瞇細雙眼，凝望遠方，像在搜尋許久之前的記憶。

「雖然戰爭的規模、形式和戰鬥的對象都和千年前不同，但實在是一種愚蠢至極的行為。東京大空襲時不管是人類還妖怪都死傷慘重，燒得連灰都不剩。」

他說自己連當時的火焰色彩都記得一清二楚。

「淺草幾乎成了廢墟。到處都是被黑煙和火焰包圍，燒成焦炭的人類。我把皮膚灼傷潰爛的人類和妖怪搬移到裏淺草，用自己的儲水和藥材救回他們，可內心卻依然感到無比空虛。就連同為人類的陣營也要彼此相殘，那人類和妖怪根本不可能和平共處……我忍不住悲觀起來。」

「……是啊，是呢。」

阿水的話很沉重。我並沒有經歷過那場戰爭。

或許他說的是正確的。

就連人類和人類之間都沒辦法相互理解了，那希望人類和妖怪能夠理解彼此、攜手合作，或許永遠只是在癡人說夢。

「水屑也，在常世……經歷了那樣的戰爭嗎？」

我脫口說出這句話。

對於此刻正要前去打倒的敵人，我有點心軟。

「真紀，妳知道水屑的身世背景嗎？」

「從地獄回到地面上時，馨有跟我說過，馨說是叶老師告訴他的。聽說水屑和叶老師都是從名叫常世的異界來的妖怪。」

「……原來如此，果然是常世嗎？」

據說那是一個人類與妖怪陷入無止盡戰役的世界。

戰爭催生出破壞性武器，而那些武器摧毀了大地，使原本潛伏在地層中的邪氣釋放出來，導致人類及妖怪都正在不斷失去能夠生存的土地。

而雙方又為了搶奪僅剩的乾淨土地，衝突更加白熱化，已步上通往滅亡的直達車了……

正因如此，常世的那些九尾狐遠赴「其他世界」尋找可供居住的土地。

水屑看中了現世，為了在這裡建立可以容納常世那些妖怪移居的國度，在漫長歲月中以間諜身分活動。

叶老師原本也是常世的九尾狐，為了阻止水屑的計畫而不斷轉世。

簡單來說，在酒吞童子和茨木童子的故事背後，一群常世九尾狐圖謀不軌的故事也在漫長光陰中平行醞釀著。

說不定，反而我們的故事只是他們的故事裡的一小部分而已。

「我沒去過地獄以外的異界，完全沒有概念……阿水，你對常世有了解嗎？」

「還算有吧，很久很久以前有去過。」

「在遇見茨木童子之前嗎？」

「啊啊，對。我聽說有些藥材只有常世才有，就興致勃勃地去了，怎知那個世界的環境有夠惡劣。世界的規模遠大於現世，常世特有的資源、產物和技術也十分豐富多元。但那個世界，就是人類和妖怪的戰爭走到盡頭會有的樣子。千年多前我就這麼想了，現在大概……」

阿水在這裡打住。

阿水沒說出口的話，我懂。

常世或許已瀕臨毀滅的邊緣了。

「或許就因為這樣，水屑心急了吧。」

水屑臉上總是掛著從容不迫的笑容，不管死幾遍都會重生，緊迫盯人似地追著我們跑。但這隻女狐心中對於失去祖國及故鄉的焦慮及恐懼，或許遠比我們所想的更加折磨著她。

不過，愈去思考這件事，我就愈是憤慨和糾結。

她一手摧毀了我們的故鄉。

自己的故鄉倒是一心想要守護啊。

「不管怎樣，我們現在可沒閒工夫去了解敵方的苦衷。」

我以冰冷的口吻拋出這句話。

「萬一不能打倒水屑，守住淺草，要失去珍貴事物的就是我們了。實際上現在也已經出現慘痛的犧牲了，不能再對她們有一絲同情。」

「嗯，沒錯。」

「絕不能重蹈大江山的覆轍。畢竟在酒吞童子和茨木童子的故事裡，大魔王果然就是水屑。」

水屑背叛了酒吞童子。

一切都起源於那場背叛。

我們橫跨千年卻從未受到傳誦的故事，因此拉開了序幕。

欸，水屑。像這樣只考慮自己的苦衷和情況，就想出手搶奪或破壞別人的東西，那紛爭永遠不會有盡頭，不是嗎？

「不過啊，我們四處都繞過一圈了，結果別說是中級魔王，連小嘍囉或水屑的管狐火都沒看到耶。我還以為水屑應該會派手下過來，大魔王不是都這樣的嗎？」

我左顧右盼，觀察四周的情況。

裏淺草內依舊寂靜無比，連一隻妖怪的影子都沒見到。

只聽見數珠川的潺潺流水聲及我們踩過碎石的腳步聲。

我們既不逃也不躲。

大大方方地在裏淺草的狹間中大步向前走……

原本還以為我們這樣光明正大地走動，對方一定會採取什麼行動的，難道他們全是一群膽小鬼？還是怕我呢？

「話說回來，水屑跑到裏淺草躲著會有什麼目的咧？她都搶走酒吞童子的首級了，這次又想要搞什麼名堂？」

阿水瞄了我一眼。

「天曉得，不過，肯定是個特大號的陰謀。不能讓水屑肆意破壞我們深愛的淺草這塊土地……酒大人的首級也是……」

我的聲音漸漸低了下去。

「酒大人的首級也是，怎麼可以被那傢伙搶走。」

「真紀。」阿水的這聲呼喚，讓我猛然回過神。

我一直不忘提醒自己要保持冷靜，結果一講到酒吞童子的首級，心裡頓時就亂了。

一想到酒吞童子的首級被水屑搶走了，心底深處就忍不住綻開一朵墨黑色的花朵。

那的確是大魔緣茨木童子追求了一生的寶物。

但我應該在京都那次就明白了才對。我深愛的那個人早已不在那個首級裡，酒大人的靈魂轉世成天酒馨，一直陪在我的身旁。

我不能再執著於酒吞童子的首級了。

要是心情一直受那個首級影響，我感覺自己會失去珍貴的事物。

為了轉換心情，我拍了拍自己的雙頰。

但內心還是很在意。事到如今，水屑還打算拿酒吞童子的首級做什麼呢？

我有種不好的預感……

「對了，這個狹間的所有權現在屬於誰啊？既然敵人是水屑她們，應該已經搶過去了吧？」

我改變話題。

狹間結界有所謂的所有權。基本上，所有權屬於狹間的製作者。

但如果是像馨那麼厲害的狹間結界術師，就有辦法改寫狹間的資訊，把所有權搶走或轉移到他人身上。

大魔緣茨木童子死後，這一帶的所有權被釋出，現在應該是由淺草地下街妖怪工會管理才對……

「咦？狹間結界的管理資訊是要怎麼確認啊？馨每次都三兩下就調出來了，但我不知道怎麼做耶？」

「啊，我會。」

我焦慮到無謂地跺腳時，阿水當場蹲下，把手放在地面低聲念了幾句話。

然後，阿水的眼前就出現了，馨每次變出來的那個貌似螢幕畫面的半透明平板。

上頭詳細記載了有關這個狹間的資訊，在一整排資訊中，也有製作者的姓名和目前所有權的持有者。

我和阿水盯著半透明平板上的名字。

「……大嶽丸？」

看來現在整個裏淺草的所有權屬於一個叫作大嶽丸的傢伙。

我還以為所有權肯定是被水屑搶去了，略感訝異。

「我記得，大嶽丸也是ＳＳ級大妖怪裡的一個，對吧？」

這個名字我也是從千年前就知道了。

在酒吞童子出現以前就屬他最出名，一講到鬼，大家都會想到大嶽丸。是個以鈴鹿山為根據地的鬼。

至於ＳＳ級大妖怪，則是陰陽局在根據靈力值替妖怪分級時，列為最高階層的等級。

附帶一提，ＳＳ級都是靈力值超過一百萬的妖怪，目前為止經檢測達到這個標準的大妖怪只有五隻。

啊，還有，茨木童子是那五隻之一，酒吞童子當然也是ＳＳ級大妖怪。

阿水似乎是記得大嶽丸這個名字，一道冷汗滑下他的臉頰。

「大嶽丸……我見過他一次。」

「咦？在哪裡？」

「在寶島，妳不記得了嗎？就是淺草那些妖怪被狩人抓到非人生物拍賣會那次。」

我不停眨動雙眼。

那是幾個月前的事。有段時間，淺草的妖怪常被一群叫作狩人的傢伙偷襲、擄走。

那是名叫波羅的．梅洛的海盜組織幹的好事，他們把狩人抓來的妖怪都綁上鐵鍊，拿去拍賣會競標，賣給非人生物收藏家。

原本平時受人類畏懼的妖怪，在那裡卻成了人類在欲望驅使下競標的商品，整件事簡直詭異到極點。

但這同時也顯露出，現世確實是由人類主宰的世界。

那時，我和一個名叫雷的狩人對峙。

他的本名是，來栖未來。

我遇見了，另一個被酒吞童子靈魂寄宿的男孩子。

「阿水，你那次也被雷抓去了，對吧？大嶽丸是水屑的同夥嗎？」

「恐怕是，至少，他是站水屑那一邊的。」

阿水語氣肯定地這麼說。

「拍賣會的會場寶島，就是水屑叫大嶽丸做的。這就代表他是狹間結界術的行家。那次大嶽丸在打鬥時沒有出現，不過……在我被關起來的時候，我有看到他和水屑交談。」

阿水壓低聲音繼續說。

地板上那傢伙的影子拉得長長的，頭上有兩根角。

「大嶽丸是鬼。雖然不如酒吞童子和茨木童子出名，但也是留下傳說，靈力值名列ＳＳ級的鬼，看來是棘手的強敵喔。」

「鬼……」

在所有妖怪之中，鬼這一族是最凶惡，靈力值最高的。

實際上，五隻ＳＳ級大妖怪中就有三隻是鬼。

與酒吞童子和茨木童子不分軒輊的鬼，究竟是個怎樣的狠角色呢？

這時，傳來一陣類似琵琶的樂音。

「撲火的夏季飛蛾……」

我驚訝地抬起頭，才發現數珠川的對岸，一個體型魁梧的男性不知何時已盤腿坐在那裡。額頭上長著一對墨黑色的鬼角。

「入侵者的靈力值高到異常，我還以為酒吞童子終於來了。搞什麼，來的居然是女鬼啊。」

土黃色的捲髮蓋住眼睛的大塊頭男性。

身上的和服是鮮豔的橘色，腳上套著高底的木屐，手中抱著一把琵琶。

他說話時尾音都會拖長，帶著奇特的口音。

每當不太出色的琵琶聲響起，在眼前流動的數珠川水面就會開始震動。

空間變得不穩定，接著再慢慢穩定下來。

原來如此，他是用那把琵琶在控制狹間結界呀。

「還真是說曹操，曹操就到耶。」

我隔著數珠川與那個鬼對峙，雙腿打開，雙手扠腰，以一副自命不凡的語氣問：

「你就是大嶽丸？真不好意思讓你失望了，你想見的是馨嗎？來的是我，你有意見是嗎？」

大嶽丸那排長瀏海下的眼睛閃了一下。

「……是啊，我一直想跟酒吞童子打一場。多年來一直為此拚命磨練自己的技術，啊啊～運氣真差，來錯人了。」

「居然說來錯人。」

大嶽丸低沉的嗓音懶洋洋的，一副回答我的問題很麻煩的態度，最後竟然還大大嘆了口氣。

整個人毫無霸氣，也沒有大妖怪身上常見的高傲態度和強勢氣場。

這傢伙真的是靈力值超過一百萬的ＳＳ級大妖怪嗎？

「我對茨木童子沒興趣，茨木童子了不起也就是酒吞童子的部下，頂多是個萬年老二。」

「什麼？」

什麼？什麼？他說什麼？

萬年老二……？

我和阿水在聽見那句話時，一瞬間都無法理解話中的含意，僵在原地。

到今天為止，從來沒有人對我說過這麼侮辱人的話。

沒錯，大嶽丸說了絕對不該說的話。

「哼，哼哼，這句話不該說喔，你實在是不該說的喔。你這傢伙。」

我的額頭浮現青筋，手搭上刀柄，鬼氣森森地瞪著眼前的獵物。

「真紀，妳冷靜點！不能被他激怒！那傢伙什麼都不知道啦！嗯嗯嗯，無知真是一種罪惡啊！」

阿水著急地眼神游移，一邊出言安慰血管瀕臨爆裂、幾近要失控抓狂的我。

這樣說也是有道理！

在世人口中流傳的故事版本，茨木童子的確是酒吞童子的部下沒錯！

知名度也是酒吞童子得到壓倒性的勝利！

「可是，只有你，我就是不甘心被你這樣講！大嶽丸的知名度明明就比茨木童子還要低不是嗎？」

「……」

「何止低，根本只有妖怪愛好者才知道吧？一般社會大眾根本就沒聽過，什麼大嶽丸的。」

「……」

啊，這次好像換我踩到那傢伙的地雷了。

大嶽丸停下彈奏琵琶的手，微微發顫。

「才……才沒有那種事……我明明就有出現在最近的手機遊戲裡……」

「反正也是排在酒吞童子和茨木童子後面吧，肯定是角色不夠用了才拿來濫竽充數的。」

「唔……」

他又沉默半晌。

不久後，他緩緩站起身。大嶽丸把原本抱在手中的琵琶朝天空高高一舉，又猛力揮向地面砸爛了……猛力揮向地面，砸爛了！

「！」

砸壞後的琵琶碎片在數珠川水面上彈跳，朝這一側的岸邊一路彈過來。

「只要打倒酒吞童子，讓他消失在這個世界上哇啊啊啊啊啊！我就是全日本最強的鬼了哇啊啊啊啊啊啊啊！」

大嶽丸激動狂吼。

明明一直到剛才都還懶洋洋的，明明看起來一點幹勁都沒有。

明明剛才講話的聲音小得像蚊子叫一樣都聽不清楚！

突然發狂的大嶽丸氣息紊亂，長長的瀏海因為妖氣而飄浮在半空中，從正面看得見那雙琥珀色眼睛，果然散發出鬼特有的狂妄氣息及銳利神采。

「我被坂上田村麻呂打敗封印在鈴鹿山多年，終於甦醒時，我的傳說已經消失在世人的記憶中，一講到鬼，大家都只會想到酒吞童子了！順帶提到茨木童子！」

「……」

「到了現代，根本沒人知道大嶽丸是誰了！我就是為了改寫這種印象，才一直精進狹間結界的技術！沒錯，我要打敗酒吞童子，成為全日本最強的鬼！」

我要成為全日本最強的鬼……

為什麼鬼族的男孩都這樣，即使上了年紀，還是無法忘懷「少年的夢想」呢？傻眼。

「我話說在前頭，那是不可能的喔。你投擲大把光陰為了實現夢想努力至今，這些話對你來說可能很殘酷，但你缺少了決定性的條件。」

「那、那是什麼？」

於是，面對沒能徹底長大的大嶽丸，我決定教導他何謂現實。

我面朝河川對岸的大嶽丸，果斷伸出手指指向他。

「酒吞童子不光是很強而已，他還長、得、很、帥。是因為他長得很帥，他的故事才會流傳千年，變得超級有名。你懂嗎？到頭來還是看長相啦，長相。就算你打敗馨，在世人心裡的評價也不會有任何改變喔。」

「……」

「話說回來，馨也不太可能輸給你就是了。畢竟，他的妻子可是我這位絕世美少女！光看這一點就已經贏了吧！啊哈哈哈哈！」

我擺出自信爆棚的表情，手扠在腰際，故意開懷大笑。

我忍不住心想，自己個性還真差，但這是針對剛才的回禮。

至於大嶽丸，他從剛剛就一直愣在原地。

也難怪，就算想說句客套話，我也沒辦法昧著良心稱讚大嶽丸是美男子。

當然長相並非全部，他身材魁梧壯碩這點是還挺加分的，但頭髮乾枯蓬亂，身上雖穿著鮮豔華麗的和服，卻老駝著背看起來一副沒自信的樣子。

聲音又微弱得跟蚊子叫差不多，還會突然抓狂。

這樣怎麼可能受歡迎啦……

「我並不想批評別人的生活方式和外表，但你單方面敵視酒吞童子，又想找馨的碴，那情況就不同囉。」

「……」

「話說回來，這個狹間的所有權，你快點還來好不好？原本是我的東西耶？你不僅贏不過酒吞童子，把我當成老二看不起我卻又偷人家的狹間據為己有，這種行徑離全日本最強的鬼也差太遠了吧。」

「妳的……狹間……？」

「對啊，裏淺草大部分的基礎都是我奠定的喔，厲害吧？」

老實說，「裏淺草」現在這一套精細又完整的狹間不是我做的，不過……

連細節都要交代得一清二楚，講起來就太囉嗦了，因此我只有扼要地提。

結果，大嶽丸好像因此誤解了。

他的眉毛下垂成八字型，雙眼瞪大，彷彿受到極大的打擊，讓我都不禁要同情起他了。

「咯……咯咯……」

大嶽丸低下頭，身體開始劇烈顫抖。

他龐大的身軀一晃動，連地面都跟著輕微搖晃起來。

「咯欸欸欸欸欸——欸欸欸欸！」

「！」

「咯欸、咯欸、咯欸欸欸欸欸——欸欸欸欸！」

他又發出驚天動地的狂吼。雙手握拳舉向空中，不斷發出言語難以形容的奇異怪聲。

那可稱為「鬼叫聲」的詭異聲音，逼得我和阿水摀住耳朵。但就是摀著耳也依然聽得見那奇異的吼叫聲，還有空間劈哩啪啦裂開的聲音。

我看向四周，數珠川的景色也真的出現了裂痕。

「原來茨木童子也會哇哇哇喔喔喔！也會用狹間結界術啊啊啊唔哇啊啊啊！」

劈哩一聲，空間又出現巨大的龜裂。

是我挑釁他的，但現在這情況實在有點不妙……

「平、平常脾氣好的人生起氣來更恐怖就是指這種情況吧……？」

「真紀！這傢伙好像可以用聲音破壞狹間結界！要是被崩毀的結界捲進去，那可不是開玩笑的！我們暫時先撤退……」

阿水提議撤退的話才說到一半。

大嶽丸趁阿水的注意力都在狹間崩壞時剝落的空間碎片上，一轉眼就飛向阿水，抓著砸爛後的半截琵琶用力往下揮。

半截琵琶上纏繞著橘黃色的火焰，化為一把巨大的大太刀。

「阿水……！」

猛烈的撞擊聲響起，塵土飛揚。

我被那股衝擊力彈飛到遠處，趕緊在半空中調整姿勢，低頭看向大嶽丸。

彷彿將火焰凝結固化般，熊熊燃燒發出耀眼光輝的刀。

大嶽丸的頭髮也如熊熊燃燒的火焰一樣豎起，雙眼宛如修羅般往上吊。

鬼神……此刻的他看起來有這種氣勢。

「阿水！你還活著嗎？」

我在半空中大喊，確定長男眷屬的安危。

「我沒事，真紀。」

阿水從人類姿態變回嬌小的水蛇逃進數珠川，閃過了攻擊。

只是強烈的熱氣使那一帶籠罩在白茫茫的水蒸氣中。

咻噠，我降落地面，朝正漂在數珠川水面，阿水化成的那條水蛇跑去。

「我曾經聽說過名叫大嶽丸的鬼可以操縱火焰，那是他與生俱來的特殊能力。」

「什麼啊，這樣不是很厲害嗎？幹嘛去搞狹間結界，好好精進這個能力更好吧……」

「真紀！上面！」

阿水一出聲提醒，纏繞著火焰的空間碎片就從正上方直直落下。

簡直就像是正在墜落的隕石。

阿水立刻變出一道水牆，保護我不受下墜的火球所傷，但就在我們的注意力都集中在那裡時，一把火焰刀從背後逼近。

大嶽丸又發出野獸吼聲般的奇異怪聲，忘我地朝我砍來。

「咯欸欸欸欸欸——欸欸欸欸！」

儘管我舉起自己的刀接下了那一擊，但火焰刀光是稍稍擦過去，我全身就彷彿要燒起來了，那股猛烈熱氣及頑強臂力帶來的衝擊，迫使我踩在地面上的雙腳不斷往後滑。

我單手撐地，調整姿勢，同時加強戒備。

「沒想到挺厲害的嘛，拚蠻力居然可以贏過我……」

大嶽丸的頭髮因憤怒和靈力而全部倒豎，他噴發出來的靈力看起來也帶著黃色。

也有人說酒吞童子是青鬼，茨木童子是赤鬼……

那這傢伙就是黃鬼囉？

「行，紅綠燈的三個顏色都到齊了，鬼與鬼同族之間真槍實彈地搶地盤……來大幹一場吧。」

我也毫不吝惜地釋放出紅色靈力，舉刀擺出攻擊的架勢。

接下來，赤鬼和黃鬼在狹間中奔馳，賭上各自的尊嚴，要取對方的性命。

兩把刀不斷激烈撞擊，那股狠勁已不光是交鋒，而是一心要殲滅對方了。攻防戰持續了一陣子。

「呼啊、呼啊、呼啊。」

「唔嗚唔……」

雙方互砍了多久呢？

我渾身浴血，大嶽丸則失去了一隻眼睛。

等我回過神，這附近的大地全夷為平地了。

我們在戰鬥中踩踏的結果吧，該怎麼向洗豆妖賠罪才好呢……

不能再拖下去，差不多該給他最後一擊了。

我可不想在這種中級魔王身上把靈力耗光。

「算了，其他鬼做的狹間我不希罕、不希罕！誰希罕這種東西……本大爺要全部重新改過！」

大嶽丸高高舉起手中那把大太刀，在空中畫了一個圓。

空間就被燒出了一個圓型的洞。

下一刻，啪地一聲，一個大袋子掉到地面上。

「……咦？」

見狀，我忍不住睜大雙眼。

因為那個大袋子裡是多到幾乎要滿出來的「骸骨」。

那些骸骨不是人類的，是奇特生物的骸骨。

沒錯，是妖怪的骸骨。

「在這裡收集到的那些廢物妖怪骨頭！把這些當作材料！建立我原創的狹間結界！」

「……」

我發不出聲音，連眨個眼睛也沒辦法。

難道，難道那些骨頭……

「真紀！真紀！」

空中傳來熟悉的聲音，我猛然抬頭。

剛才大嶽丸從空間劃開的大洞裡，可以隱約窺見其他東西。

那好像是一個鐵柵欄。

裡面是化貓小節，她緊抓住鐵欄杆，拚命呼喊我的名字。

小節旁邊，豆狸風太的爸爸也在，還有洗豆妖豆藏。

大家都滿身傷，模樣十分狼狽，還有幾隻身受重傷的妖怪躺在一邊。

不過，他們還活著——

「真紀！妳趕快逃開他！」

豆藏用哭聲大喊。

「那傢伙會生吞妖怪，把血肉化作自己的靈力，剩下的骨頭就拿來製作狹間！」

風太的爸爸也拚老命提醒我。

「聽話，真紀！妳快逃！要是被那傢伙的狹間結界捲進去就完蛋了！就再也逃不出他的狹間結界了！」

小節無比激動地向我提出忠告。

「大家……」

明明大家都被關起來還受傷了，滿腦子卻全是在替我擔心。

明明要是我在這裡逃走，對他們見死不救，大家一定會死。

我把力量灌進握住刀的手，咬緊牙。

憑這股怒火一鼓作氣解決吧。

「欸！那群中級備用食物給我閉嘴！」

大嶽丸氣憤大吼。

「你們啊，不過就是我的食物和狹間結界的材料啊啊啊啊啊！」

他那個大嗓門又在轟然作響。

柵欄裡的那些妖怪肯定經歷了相當恐怖的遭遇，他們嚇得不敢再開口。

大嶽丸見狀露出滿意的神情，掏出大袋子裡的骨頭胡亂四處撒，再用自己的大腳用力踩踏。

「來，進去吧，讓土地肥沃吧，滋養本大爺的狹間吧。」

他就用這種方式，從自己腳下開始一點一滴改造狹間結界。

那些骨頭啪啦啪啦地破碎，落入黑暗之中，在上面堆疊出閃耀著黃金光輝的街道及城堡。

黃金鑄成的財寶愈疊愈高，發出刺眼眩目的光芒。

那是個美輪美奐、金光閃耀的空間。

「狹間結界——本大爺的黃金鄉，哇啊啊啊啊啊啊啊！」

大嶽丸一臉自豪地喊出「作品的名字」。

但我連看也不看那名字俗氣的黃金鄉一眼。

我一直望著那些正在下沉的哀戚骸骨。

那是嬌小、柔弱，平常和我很親近的淺草低級妖怪們的骸骨。

他殺害了數以百計的低級妖怪，把骨頭都收集起來，建構出這個黃金鄉。

這實在太荒謬了，我原以為我還能忍得住。

但我真的克制不住自己了，那已經不光是憤怒了——我的內心綻放出漆黑的花朵。

第三章

你沒有任何值得尊敬之處

那是這個世界的樂園嗎？還是桃花源嗎？

狹間結界「本大爺的黃金鄉」，就是一個填塞了所有欲望、虛榮和技術的產物。

不是為了其他任何人，是只為了他自己製作的，金光閃閃，品味低劣到令人頭暈的狹間結界。

「怎麼樣，認輸了吧！」

「……」

「在架構狹間結界時如果用上一小塊自身的肉體，狹間就會穩定又堅固，不過就算用其他人的骨頭，也能做到一定的強度吧？妳看，這座黃金鄉。就算是酒吞童子也沒辦法做出這麼精巧的黃金鄉吧！我有夠厲害！」

「……」

「寶島也是我收集低級妖怪的骨頭做出來的。反正波羅的・梅洛殺了一大堆妖怪，骨頭多到堆積如山。他們還在那座寶島上拍賣妖怪，實在也是很諷刺。」

他一個人自嗨，說得很起勁。

大嶽丸還不曉得，我內心已經綻放出漆黑的花朵。

「……怪不得，我聽說死了很多妖怪，還疑惑怎麼都沒看到殘骸。」

我輕聲吐出這句話。

我的心情很低落，大嶽丸似乎以為我是怕了。

嘿嘿……他扯開令人作嘔的笑容，主動說明。

「因為飽餐一頓後散落滿地的骨頭，也全部被我撿起來了。只要有這麼多骨頭，就能做出不輸給酒吞童子的狹間！那傢伙可不會做黃金鄉吧！」

又再自吹自擂，說自己比酒吞童子厲害了。

逼我說出難聽話，也是他自找的。

「……哼，真蠢。」

我只是用鼻子嗤笑回應。

與此同時，緊握住刀的那隻手，溫熱的鮮血滴落。

我用眼角餘光瞄準，當場朝地上猛烈一踏。

「!?」

硿————嗡————

響起如巨鐘般宏亮的聲音。

下一刻，原本閃閃發光的黃金狹間頓時崩塌為沙塵。

我的「血」中蘊藏的破壞力，把狹間化為灰燼了。

不需要像這傢伙一樣鬼吼鬼叫，輕輕鬆鬆就破壞殆盡，連大嶽丸都愣住了。

僅僅一瞬間，這個空間就只剩一片虛無，變成黑暗的狹間。

只有被拿來當作狹間結界材料的、淺草妖怪的那些骨頭，喀啦喀啦、喀啦喀啦地散落在大嶽丸腳邊。

一個小小的頭蓋骨上凹陷的眼窩，正望著我。

「真、真紀……。」

「阿水，你去救被關在柵欄裡的大家，可以吧？」

「……我知道了。」

只有阿水注意到我內心漆黑的花朵。

他按照我的要求，動身去救上面那些被抓起來的中級妖怪。

那邊只要交給阿水就沒問題了，大家身上的傷，阿水肯定也會幫忙處理。

所以，我只要運用這滿腔怒火，狠狠打倒大嶽丸這個鬼就行了。

大嶽丸依舊茫然地愣在原地。

畢竟他引以為傲的狹間在一瞬間化為塵土。

不過這個結果也是理所當然，狹間結界要用自己的血肉和骨頭來穩固結構，這傢伙用的卻是其他人的骨頭。

到今天為止，他肯定不曾遇過我這種具備強大破壞力的妖怪。

才會一直不曉得自己做的狹間原來如此不堪一擊吧。

「本大爺的……本大爺的……本大爺的黃金鄉……」

「還本大爺東本大爺西的。滿腦子只考慮自己，真的是一個無可救藥的垃圾男，你根本不配當一個鬼。」

我踩過虛無的世界，一步、一步走向大嶽丸。

「你在製作狹間時，也不肯做出任何犧牲，到底哪裡算是本大爺的黃金鄉啊……本大爺的鍍金鄉還差不多吧。」

「啊？鍍金……」

真是個丟臉的傢伙。

我明白這傢伙為什麼會沒沒無聞了。

「至少酒吞童子一定不會用弱小妖怪的骨頭來製作狹間。」

我在距離大嶽丸還有幾步的地方停下，用嚴肅的口吻曉以大義。

「必要的材料他都是揮汗辛勤收集來的，就算要用自己的頭髮、血肉或骨頭，為了製作出精良的狹間，他也從不曾吝惜。酒吞童子就是那樣建造出我們的國度的。誰要黃金鄉這種東西啊！無論是弱小的生命或強悍的妖怪，大家都能安全、安心生活的狹間才更珍貴得多……」

我立刻就能回想起。

千年前製作狹間之國的酒吞童子，也是為了實踐自身理想拚命努力的鬼。

但那個理想是希望打造妖怪們的容身之處，是為了自己以外的他人付出。

他曾經對我說過——

如果妳想要容身之處，我就幫妳做一個。

「我一直很尊敬，也深愛酒吞童子真誠、勤奮，願意為他人而努力的特質。」

「啊、愛……」

我又邁出步伐，一步一步接近大嶽丸。

我想早點去迎接散落在大嶽丸腳邊的妖怪骸骨。

「你果然連酒吞童子的一根腳趾都比不上。連一個能讓人嚮往、讓人尊敬的優點都沒有，所以你才會沒沒無聞。」

我在黑暗中躍起，跳向大嶽丸身前。

大嶽丸反應也很快，立刻迎擊，雙刀猛烈撞擊。

紅色靈力與黃色靈力彼此碰撞、又彈開，靈力包覆在刀刃上的每一擊，都是要直取對方性命。

不，這次可是我占上風。他的火焰刀削過我的臉頰，但我就像在嘲笑他「這有什麼了不起」似地，一刀刺向大嶽丸，砍下他的一隻手臂。大嶽丸的慘叫聲響徹虛無的空間。

我原本一直提醒自己要冷靜。

一直告訴自己不能失控，要為了和水屑的最後一戰保留力氣，一直、一直克制著自己，可是……

「對不起，大家。」

對不起。

對不起……

都是因為我不在淺草，才會讓這麼多妖怪白白送命。

我大言不慚地自稱是淺草的水戶黃門，無敵的女英雄，還說一定會保護大家……叫大家放心。

我過去一次又一次地向淺草的妖怪們拍胸脯保證。

妖怪也有家人，有感情，有自己的棲身之所。

他們都只是一些乖乖遵守人類的規矩，安分守己度日的小妖怪。

結果扼殺妖怪的天性，強制要求他們不能傷害任何人的下場，就是這樣——

遇上敵人時毫無招架之力，只能成為惡意的糧食。

既然勉強妖怪們守規矩，我就該責無旁貸地負起責任保護他們才對。

「可惡啊啊啊啊啊喔喔喔喔！茨木童子，我要把妳的骨頭也變成狹間的材料！去死吧唔哇啊啊啊啊欸欸欸欸欸欸！」

失去一隻手臂的大獄丸，用僅剩的那隻手握住大太刀，使出渾身的力氣朝我揮下來。

但我待在原地動也不動，連拿著刀的手都垂著。

只是緩緩抬起頭，雙眼直直盯向迎面攻來的大嶽丸，輕聲說：

「下　地　獄　去　吧。」

大嶽丸揮下的那一刀在快要把我砍成兩半前，驀地停在半空中。

並非發生了什麼事。

而是大嶽丸自己停下來的。

他停下的舉動太過突然，全身肌肉都響起斷裂的劈哩啪啦聲。

即便如此，大嶽丸還是出於他自身的意志停下揮刀的動作。

「啊，啊啊……」

那傢伙藏在瀏海下的雙眼，倒映出一個女鬼的身影。

不，不是鬼，只不過是一個人類女孩。

只是，她身上迸發的這股鬼的妖氣究竟是什麼？

與其說是鬼，更接近大魔緣。

大嶽丸把刀垂向地面。那把刀在垂下的瞬間，又回復成半截琵琶的原貌。

我什麼也沒做，大嶽丸的呼吸就變得急促，甚至幾乎要喘不過氣來。

那雙眼因恐懼而戰慄，那個身軀魁梧的鬼臉色發白，單手撫著自己的脖子。

「我一瞬間……還以為……自己的頭被砍下來了。」

「……」

「而且我還看見妳提著我的首級，腳邊開滿了彼岸花。」

「……」

「光是看妳的眼睛，就讓我腦中浮現死亡的畫面。我的死亡。」

「……」

「這就是茨木童子……大魔緣……茨木童子……」

他口中一直念念有詞。

大嶽丸剛才的氣勢已徹底潰散，單手拚命護住自己的脖子，低喃著我的名字。

「你現在是怎樣？被害妄想症嗎？」

他那副模樣太慘，有夠丟臉的。

「我才不要你的首級，我想要的，不是你的首級。」

我打從心底這麼想。

我才不要你的首級。

「妳、妳到底是何方神聖！說是鬼，又不太像。我只不過是要砍妳……我的惡意卻被妳的殺氣震懾住，全都粉碎了，就和這個狹間一樣。」

「……我只是一個普通的人類喔。」

「別說蠢話了！那種靈力可不是一個普通人類小姑娘能有的！那個靈力裡潛藏著死亡的氣息。」

大嶽丸的說法或許是正中紅心了。

我嗅聞自己的身上，輕輕嘆口氣。

「……是在無間地獄待太久了嗎？沾上討厭的氣息了。」

果然有無間地獄彼岸花的香味。

明明我現在並沒有惡妖化，只是一個普通的人類，但我卻對一個真正的鬼，釋放出鬼的氣魄。

大嶽丸在屏息許久後吐出一口氣，當場盤腿坐下。

被砍斷的那隻手臂，傷口依然汩汩流出鮮血，他卻甚至沒有要止血的打算。

「不行，啊啊，沒辦法。怎麼想我都不可能打倒妳。就算再花上幾百年、幾千年。可惡、可惡啊……」

他自己得出了結論，又執拗地直搖頭。

「你如果不能打倒我，就不可能贏酒吞童子喔，畢竟我是萬年老二嘛。別看我這副德行，我還是幫夫的好妻子喔。」

「咦……？」

發出這一聲「咦」的，是正在不遠處幫剛救出來的那些中級妖怪上藥的阿水。我決定裝作沒聽見。

失去鬥志的大嶽丸說：

「殺了我吧。別說酒吞童子，我連茨木童子都打不過，活下去已經沒有意義。」

說完後，他還真的朝我伸出脖子。

在這個鬼的心裡，敗在我手中是值得死一萬遍的恥辱吧。

我又大大地嘆了一口氣。

手中的刀尖對準他，向雙眼睜得老大的大嶽丸說：

「我剛剛說過了吧。我才不要你的首級，我不想要。我才不要給你一個痛快。我想要的是，你殺了多少妖怪，我就砍下你幾片肉，讓你最後只剩一副骸骨。」

「……妳想那樣做也行。」

大嶽丸垂著頭，似乎連這種悽慘結局都接受了。

這傢伙殺害、傷了許多淺草的小妖怪。

他利用、踐踏小妖怪的骨頭，只是為了滿足自己的欲望。

這種鬼我絕對不原諒。

「……」

下一刻，我竭力忍住內心的糾結及憤怒，把刀收進刀鞘裡。

「不過，我還不殺你，我還有很多水肩的事要問你呢。更何況，最後讓你下地獄的，肯定不是我。」

「咦……？」

大嶽丸得知我不殺他的那瞬間，臉上絕望的神情實在有夠滑稽。

他可是日本屈指可數的ＳＳ級大妖怪，我不希望看到他在一個人類少女面前露出那種表情。

說起來，大概是我自身超出了正常範圍吧。

我和普通的人類實在差距太大了。

後來，我一把鼻涕一把眼淚地埋葬了那些淺草低級妖怪的遺骨。

「對不起、對不起。」

體型有嬌小的，也有巨大的。

大家雖然柔弱，卻都是好孩子，都是些個性溫和的妖怪。

倖存的那些中級妖怪也以化貓小節、豆藏及風太爸爸為中心，一個一個確認有誰過世了，動手幫忙埋葬。

「謝謝你們。我對不起大家。」

「……妳說什麼傻話，真紀。妳不要責備自己，拜託妳。」

我的臉皺成一團，一直道歉，小節看不下去，伸手搭上我的肩。

「真紀，我們平常總受妳幫助，都是我們自己不長進，才會落得今天這個下場。」

洗豆妖豆藏說。

「對啊，真紀。既然生為妖怪，難免就會遇到這種事。這些傢伙要是知道自己害真紀哭了，一定也會很難過的。」

風太爸爸也出聲安慰。

「小節、豆藏、伯父……」

我抬起手臂用力抹去眼淚。

妖怪也會怕死，更何況，他們是被殺害的。

不過，他們生存的世界畢竟遠比人類更接近黑暗及死亡，接受現實的速度似乎也比人類快得多。

「真紀，我懂妳的心情，但我們得快點收尾。這裡也很快會有危險。」

「……嗯，你說的對。」

「大家也趕快逃走比較保險，去河童樂園暫時待著或許不錯。那裡是獨立的狹間，安全機制也很完備。更何況還有木羅羅的本體在，說不定鵺大人他們已經搶先一步確保那裡的安全了。」

阿水指示那些中級妖怪趕緊離開此地。

確實如他所說，河童樂園的確是理想的避難所。由理思慮周詳，會搶先確保那個地方的安全性也不奇怪。

「我們也不能繼續磨蹭，差不多該往前走了。」

「……嗯。」

阿水冷靜提醒，我們最後以簡單的形式埋葬完遺骨，打算要移動了。

老實說，我真的很想好好埋葬大家，鄭重地送大家最後一程……

「喂，等一下，茨木童子。」

就在我們打算離開時。

遭到綑綁，被關進剛才那些中級妖怪待的柵欄裡的大嶽丸，出聲叫住我。

我擺出一副不悅的臭臉。

「幹嘛啦，你終於願意告訴我們水屑的事了嗎？」

我以極為冰冷的語調回應。

哭腫的臉頰未消，我惡狠狠地瞪著他。

大嶽丸敗給我，卻一直沒有打算透露任何有關水屑的消息。我們已經放棄了，才會動手埋葬遺骨。

他現在是哪根筋突然不對了嗎？

「我想妳應該知道，我可是比妳和酒吞童子還早出生的鬼。」

那傢伙開始講起自己的故事。

「我也曾在滋賀的鈴鹿山上當山賊頭目。但我愛上一位名叫鈴鹿御前的美女，受她欺騙，被坂上田村麻呂打倒，後來就一直被封印在鈴鹿山。」

大嶽丸說，解開封印的，是一隻名叫水屑的美麗女狐。

「水屑很像我的初戀對象鈴鹿御前，應該說，她們就是同一個人。而水屑告訴我，在這個時代，最強的鬼是名叫酒吞童子的鬼。」

沒錯。

他從封印中甦醒時，時代已更迭，酒吞童子的名氣變得比他響亮，受到英雄般的推崇。無論去問誰，每個人都會說全日本第一的鬼是酒吞童子。

對遠近馳名的酒吞童子，大嶽丸心懷自卑。

『酒吞童子最厲害的就是一種叫作狹間結界的術法。他靠著那項術法建立國度，據地為王。只要你也精通這項術法，你就有機會成為連酒吞童子都得甘拜下風的鬼王。』

女狐又再次哄騙了大嶽丸。

大嶽丸原本就迷戀過鈴鹿御前，遭到一次背叛沒讓他學到教訓，又再次愛上水屑，對她言聽計從。

從那麼早以前開始，水屑就在對大嶽丸布局了。

這女人愈想愈恐怖……

「水屑說，酒吞童子的狹間結界術是向鞍馬的大天狗學的。因此我就拜另外一位天狗比良山次郎坊為師，學會了和酒吞童子類似的狹間結界術。」

他的野心是有一天要和酒吞童子對戰並獲勝，成為全日本第一的鬼。

大嶽丸在深山中閉關，在天狗的指導下埋首苦練。

不過當時大江山的狹間之國已經滅亡了，酒吞童子被砍下首級，離開人世。

大嶽丸的野心再沒有實現的一天。

時代巨輪不斷向前轉動，酒吞童子的名字成為傳說流芳後世，名氣不知為何甚至愈來愈響亮。結果大嶽丸只能一直懷著對酒吞童子的自卑及憧憬，不甘願地活到這個時代。

我猜水屑多半會定期出現在大嶽丸面前，把酒吞童子拿來和他比較，說一些話刺激他吧……

「不過既然我連面對老二茨木童子都沒勝算，那就沒戲唱了。」

到現在還叫茨木童子老二的大嶽丸，在柵欄中深深嘆口氣。

「你啊，到現在還不懂嗎？」

我只好把話說清楚。

「酒吞童子的名字會傳遍大街小巷，不就是因為他救的那些妖怪，希望他的名字能流傳後世，到處講他的事情的緣故嗎？」

「……」

「你只會吃掉比自己弱小的妖怪，把他們的骨頭當作材料，你的名字自然就沒人想提。」

我抓住柵欄，直直盯著那個鬼，質問他。

「你有寧願犧牲自己也要守護的任何人事物嗎？」

阿水在旁邊頻頻使眼色，像在提醒我「別再說了」，但我情不自禁差點就要哭出來。

因為……

「因為，酒吞童子的願望，是替妖怪們打造一個容身之處。酒大人一直到死前最後一刻，都以讓夥伴逃走為優先，作為一個鬼的頭目堂堂正正死去。」

他是直到死前最後一刻都寧願犧牲自己去保全夥伴的鬼。

大嶽丸沉默了一會兒。

「……確實沒錯，妳說得很對。到頭來，沒有任何人尊敬我。我沒有那種……真正的夥伴。」

他出乎意料坦率同意了我的話。

或許他只是因為自尊心受損而自暴自棄。

大嶽丸說，他精通狹間結界術後，不僅水屑認可他，周圍的其他妖怪也百般奉承，他感覺好得不得了。

大概就是因為這樣，他才會誤以為自己真的能贏過酒吞童子。

「水屑也一樣，明明她很清楚我的能力不如酒吞童子，她只是想要利用我而已。她根本也沒有真心把我看作夥伴。」

我腦中在想的是另一件事。

大嶽丸或許缺乏王的氣度，但他的靈力值可是高到足以名列ＳＳ級大妖怪。

水屑主動接近這種大妖怪，煽動他與酒吞童子為敵，又處心積慮地哄騙他習得狹間結界術，背後必定藏有什麼陰謀才是。

她很可能是打算用比酒吞童子好操控得多的傢伙來取代酒吞童子的地位吧。

「所以咧？幕後黑手水屑人在哪？你現在可以告訴我們了吧。事到如今，你應該沒理由再跟那隻女狐講情面了吧。還是，你真的迷上她了？」

大嶽丸依然盤腿坐在柵欄裡，垂著頭沉默片刻。

不久後，他慢慢開口。

「……水屑大概，在這個裏淺草的最深處，她說要稍微睡一會兒。」

「稍微睡一會兒？什麼意思？」

莫名其妙卻令人不安的一句話。

我又逼問了一次：「到底什麼意思？」

「這個，我也不知道。只是，妳們要找水屑，得先打倒她的幾個部下。知道她在哪的，應該只有金華貓吧。」

大嶽丸這時抬起頭。

「但現在更棘手的是，常世專門用來對付人類的武器『黑點蟲』，已經投放到外頭了。」

「黑點蟲？」

「你指的難道是覆蓋淺草上空，黑色漩渦狀的雲嗎？」

阿水插話，問大嶽丸黑點蟲的事。

「那是常世的武器嗎？」

「沒錯，常世有好幾種專門為了對抗人類而製造出來的武器。雖說是武器，其實也就是經過各種改造、失去自我的妖怪啦。『黑點蟲』也是其中一種。」

大嶽丸以淡淡口吻敘述。

「黑點蟲。正如其名，是通體漆黑的小飛蟲，乍看之下如同蝴蝶般美麗，有時也會成群結隊模擬巨大蟲體的模樣。」

他們的鱗粉撒出的妖氣，是一種對人類有害的毒，只要吸到，身體就會動彈不得，不久後甚至會死亡。和外面正在發生的現象完全一致。

這麼多淺草人類居民出事的理由，原來是這樣。

「那種蟲一定要一口氣全面殺光，但要徹底消滅那麼小的飛蟲極為困難。只要他們有一隻活下來，就會立刻繁殖。真的是很難對付的害蟲。」

我抓住柵欄的手驀地握緊。

「水屑為什麼要做這種事？」

「為了把淺草變成『妖怪之國』。首先，她要除掉礙事的人類。」

我眉毛挑了一下。

雖然我大致有猜想到，但水屑果然打算要把淺草這塊土地當作侵略現世的根據地嗎？

「淺草有數不清的狹間，又充滿讓妖怪身心舒暢的清澈靈氣，這裡原就是塊寶地。因此，水屑打算在這裡建立妖怪之國，作為攻占現世的根據地。」

「欸，你真的認為她的計畫會成功嗎？現世不僅有陰陽局的一票退魔師，人類也持有遠比妖怪更加殘酷的破壞性武器。這塊土地還有長年紮根於此的眾神及大妖怪。異界的妖怪想要占領現世，怎麼可能。」

大嶽丸不禁啞然失笑。

「哈哈，妳不能小看常世的技術發展喔，茨木童子。」

這次輪到我被提醒「妳不懂」了。

「妳啊，給我聽好。」

大嶽丸以略帶緊張感的聲音告訴我：

「黑點蟲還有另一種能力——吞食空間的能力。」

吞食……空間？

「他們持續以漩渦狀盤旋在空中，就是要花二十四小時來製造連接常世和現世的大型蟲洞。」

「蟲洞？」

「吞食時空的洞。只要等這個可以自由來去常世和現世的洞打通了，常世的那些侵略者就會帶著形形色色的武器輪番過來吧。妳最好不要以為他們和現世的妖怪差不多。他們是早已習於和人類打仗，斷了所有退路的怪物戰士。」

我緩緩睜大雙眼。

「到那個時候，問題遠比現在襲擊淺草的黑點蟲更嚴重，現世的結界絕對沒辦法徹底應付。」

「怎麼會……」

「現世真的會化為戰場。那些九尾狐打的算盤，是趁亂把現世……第一步應該是先把日本搶下來。」

如果事情如同大嶽丸的警告，那將會是最糟糕的情況。

「茨木童子，妳能阻止這一切嗎？」

長瀏海的空隙下，大嶽丸琥珀色的雙眼發出沉甸甸的亮光。

「水屑已經有所覺悟。她說，只要自己能撐到那一刻就行了。」

「……」

「那些傢伙也全是些渴求安居之所，歷經無止盡戰役的一群妖怪，妳要……」

就在這時——

大嶽丸說到一半，他的胸口，一隻水屑的管狐火咬破心臟衝了出來。

「！」

大嶽丸口吐鮮血，胸膛噴出大量血液，靜靜向前倒下。

他的血濺了我一身，我趕緊打開柵欄，檢查大嶽丸的情況。

「……死了。」

我闔上雙眼，再緩緩睜開。

難以言喻的感受堵在胸口，內心因自責失去平靜。

管狐火一溜煙就要逃走，但阿水一把抓住他，直接把他捏爛。

阿水淡淡地說：

「他大概是被下了詛咒，只要透露這些事就會死吧。肯定是水屑下的手。大嶽丸想必是在清楚後果的情況下，選擇說出黑點蟲的祕密的。」

「……」

在最後的最後他終於放下自我，選擇了他人嗎？

還是與其可恥地歹活，他寧願自殺呢？

我不悲傷，畢竟這傢伙吃掉了許多我重視的淺草妖怪。

我也不尊敬他，對一個人的尊敬，是需要長時間累積出來的。

不過大嶽丸的忠告裡確實包含了重要的資訊。

我站起身，側眼看著大嶽丸的遺體。

「我知道。」

我輕聲說：

「但我絕不會放棄。」

過去，我的王為那些無處可去的妖怪建立了一個國度。

可是，想要奪取那個國度的異界九尾狐，也不過是冀求安居之所的妖怪。

遙遠到幾乎遙不可及的故鄉。

渴望回去的地方。

理應回去的地方。

到頭來，妖怪或許就是一種渴求容身之處，徬徨漂泊的悲哀生物。

第四章

濫用權力

我的名字叫作天酒馨。

前世是名叫酒吞童子的鬼，這一世則是極為普通的高中男生。

但直到昨天為止，我都還以外道丸這個名字在地獄擔任獄卒，受閻羅王使喚。然後今天就要在淺草面對與前世仇敵的最終決戰，我的人生也太過波瀾萬丈了吧。

難道……我，其實並不是極為普通的高中男生嗎？

現在才發現是不是太遲了？

「而且真紀那傢伙，居然不等我就自己先跑去……」

我一邊嘟噥一邊快步走在裏淺草。

根本沒有感人肺腑的重逢。

還是她覺得，反正在地獄已經見過了所以不需要？

為了救出真紀墜入地獄的靈魂，我成為獄卒長時間辛勤工作，她就是這樣回報我的？

「算了，反正走一趟地獄不但獲得新能力和有用資訊，還拿回了酒吞童子的愛刀。」

總之，我現在雖然是人類，同時也是地獄的上級獄卒。

我施展「神通之眼」不斷追蹤真紀的所在地。真紀那傢伙拿著淺草地下街的萬能鑰匙自由自在地到處跑，根本追不上她。

乾脆打電話過去好了，只是我猜大概打不通……

「咦？這個應用程式是什麼？」

我掏出手機時注意到裡面裝了一個奇怪的應用程式。

名字十分可疑，叫作「獄卒ＡＰＰ」……

看來應該是閻羅王和身處異界的獄卒們交換資訊、通話聯繫用的應用程式。

「唔哇……」

我點開應用程式一看，畫面上顯示的好像是現世的「下地獄黑名單」，現在還活著但只要死後就會立刻下地獄的「惡棍」皆榜上有名。

其中也穩穩當當地寫著水屑的名字。

我們上級獄卒必須在這個黑名單上的傢伙死去時，逮住他們的靈魂，再將他們送往地獄，以確保不會有漏網之魚。

真紀大概早就被盯上了吧，被那些上級獄卒。

「咦？裏凌雲閣有一隻出現在黑名單上的大妖怪？」

這個獄卒APP會逐一傳來負責區域內該下地獄的惡棍所在位置，卻獨獨漏了最重要的資訊，不會寫清楚那個惡棍是黑名單裡的誰。

在最關鍵的地方漏氣啊，這個應用程式。

「這個……該不會是水屑吧？」

我們現在手上的情報只有，水屑藏身在裏淺草某處。

「值得過去看看。」

裏凌雲閣啊，真叫人懷念。

差不多正好一年前，那裡舉辦了百鬼夜行。

我和滑瓢的孫子交手，最後還因為深影而身負重傷緊急被抬走。

當時，我、真紀和由理各自關於前世的謊言都尚未遭到揭穿，依然生活在虛假的和平之中。

現在回想起來，彷彿是很久很久以前的事了。

才一年，一切全變了。

我們一一面對前世的「謊言」及「業」，由於前世因緣的拉扯，再次與仇人碰頭。

我和真紀，也再一次墜入愛河。

「結果呀，這個真紀大人，居然拋下我一個人先走。會不會等我追上時，她就已經把大魔王打倒了，這也很有可能耶。」

不，我很清楚，就算是真紀，也沒辦法輕而易舉地打倒水屑。

不過水屑選擇藏身於裏淺草，可見她也是想做個了斷了。

水屑的目標，多半是淺草這塊土地吧。

眾妖怪紛紛聚集在淺草這裡是有原因的。

不僅蘊藏在土地中的靈力十分豐富，空氣又適宜妖怪居住。

正因如此，她才會設計我和真紀離開淺草吧……

但我和真紀豈會輕言放棄，從地獄底層回來了。

這樣想想，我們這對夫婦，果然和一般人類差距太遠。

裏凌雲閣周遭連個妖怪的影子都沒看到。

不光如此，自從下來裏淺草後，我到現在連一次都沒遇見那些平常總待在狹間的淺草妖怪。

裏凌雲閣正如其名，是仿造明治時代蓋的磚造高層建築凌雲閣（俗稱淺草十二階）所製作出來的狹間。

在裏淺草中也是十分顯眼的地標性建築物，不僅曾用來作為百鬼夜行的會場，妖怪們平時也會在這裡舉辦活動或聚會。

我踏進懷舊風格的電梯，直上十二樓，因為我察覺到最頂樓傳來異樣強大的靈力。

電梯門一打開，一股異臭撲鼻而來。

「……這、這什麼味道？好臭。」

紅玫瑰的花瓣橫越眼前。

我的確也有聞到玫瑰的香氣，但這個臭味不是玫瑰，這是……腐臭味。

十二樓的天花板懸吊著閃亮璀璨的水晶燈，像是一間寬敞的殯儀館。

這裡原本就長這樣，但現在該怎麼說咧，整個空間相當灰暗，到處都點著燭火，地上不少以玫瑰妝點、品味極差的棺材排列著。

正中央有一張長方形的長型餐桌，鋪著白色桌布及鮮紅色的長條裝飾桌巾，上面擺著麵包、葡萄酒、古董餐具、水果及蠟燭。

簡直像是婚宴會場或畫作中經常可見的西式餐桌。

整齊排好的椅子上全都空空如也，只有最裡面的座位上坐著一個意外的男人，正優雅地品嘗葡萄酒。

不，那不是葡萄酒。

多半是人類的……鮮血。

「嗯……水屑也真是壞心。說起來，大髑髏那種怪物，對於來自異國的我真是難以想像呢……」

那男人嘴裡叨念著，在桌上攤開一張紙。

地圖？設計圖？總之是類似的東西……

「哎呀，我還以為是誰來了……啊啊，什麼啊，男的啊。」

一身打扮彷若中世紀歐洲貴族，身披黑斗篷，衣領高高立起，臉上戴著鐵假面的男人。

那傢伙一看到我，就惺惺作態地擺出很失望的表情。

尖下巴、整齊向後梳的油頭，鐵假面下的雙瞳鮮紅如血，嘴唇則是青色。

我知道這傢伙是誰。

德古拉公爵——世界知名的吸血鬼。

「為什麼看到是男的就失望？」

「我不太喜歡男人的血。」

那男人把剛才攤開的紙張重新折好，收進懷中。

「……你為什麼還活著？你不是應該在凜音的庇護所被來栖未來砍死了嗎？」

「呵呵，確實沒錯。之前那個肉體因此不能用了，但只要靈魂平安無恙，我就有辦法回到原本的模樣。一點點水屑的血，再生飲幾十個人類女子的鮮血，我就回復到現在的狀態了。」

「……謝謝你詳細的說明哦。」

這股異臭，原來是人類鮮血和屍體發出的臭味啊……

我的確曾聽說過，西洋吸血鬼是由屍體復生的怪物。

他們和由同族所生的妖怪不一樣，是從死靈或屍體「轉變成妖怪」的例子。

至於我們的夥伴吸血鬼凜音，則是一種日本自古以來就存在的鬼，是由同樣種族的爸媽生下來的。和西洋吸血鬼的出身根本徹底不同。

德古拉公爵轉動著酒杯中的鮮血，氣質高雅地問我。

「話說回來，你是哪位呢？你帶著刀，那就是陰陽局的人類囉？」

「你完全猜錯了，我是……天酒馨。」

我一報上姓名，德古拉公爵的臉色就變了。

他「哦」了一聲，瞇起眼睛。

「天酒馨，不就是水屑執著的那個鬼王嗎？居然是這樣一個小鬼。」

「真是個裝模作樣的傢伙，你明明早就知道了還裝。」

「沒這回事。我是異國的吸血鬼，並不清楚日本的傳說，其實也沒什麼興趣。」

德古拉公爵在面前舉起雙手，皺眉搖頭。

「要說的話，我對你的妻子茨木真紀倒是很有興趣。她的血蘊藏著足以實現我們吸血鬼長年願望的力量。」

德古拉公爵說這句話時，深紅色的雙眼閃出鎖定獵物般的銳利光芒。

這樣說起來，當初德古拉公爵率領的吸血鬼集團「赤血兄弟」，好像就是因為想得到真紀的鮮血，才參加那場地下拍賣會的吧……

「只要喝乾茨木童子的鮮血，我一定能獲得比現在更為強大的力量，也可以克服太陽了吧……只可惜，我聽說茨木童子已經死了。」

「……」

「水屑也真是壞心。橫豎都要殺掉她，把那個小姑娘的血肉送我不是很好？」

這傢伙還認為真紀死了，代表真紀已經復活的消息還沒有傳到他耳裡囉。

要是被他知道就麻煩了。

話說回來，他根本不該對別人的妻子出手。

我腦中各種念頭紛飛，根本冷靜不下來，但有件事我得先確定，便打開自己的手機，點開「獄卒APP」。

「啊——上面有耶，在下地獄黑名單的前幾名。」

果然在黑名單裡看到德古拉公爵的名字。

至於德古拉公爵本人則似乎聽不懂我在說些什麼。

「你在做什麼？居然在別人面前玩手機，最近的年輕人喔……唉，真可悲。」

他還手扶額頭，嘴裡念念有詞抱怨，惹人厭地故意嘆口氣。

接著，端起葡萄酒杯優雅地喝了口鮮血。

……吸血鬼怎麼全都是這副德行。

算了。不管他怎麼說，我依然讀著手機上的資訊，同時提高警覺，戒備德古拉公爵突然有任何動作。

「啊，一個叫作巴托里．伊莉莎白的女吸血鬼……這傢伙跟德古拉公爵有關嗎？」

這個名字是我在搜尋德古拉公爵的資訊時跑出來的。我以為自己在自言自語，但德古拉公爵的眼睛挑了一下，開口問。

「你是說血腥伯爵夫人嗎？她當然是我的夥伴。但她上了人類女孩的當，照射到陽光，整個人連靈魂都被燒得一乾二淨喔。沒錯，就是你妻子，茨木真紀殺的。」

「……你們平時殺害了這麼多無辜人類，還吸乾他們的鮮血，等到有一天自己人被殺時，控訴起來倒是很激動嘛。」

我總算把手機收回懷中，將手中的那把刀拔出刀鞘。

好了，我準備好了。把刀鞘擲到稍遠處，舉起刀擺好架式。

匡啷、喀啦喀啦……

刀鞘在地面滾動的聲音在寬敞的空間中迴盪。

「你這麼想打啊。」

「這跟我想不想打無關，就是工作而已。」

德古拉公爵臉上浮現從容不迫的微笑，一口氣喝光酒杯中的鮮血。

那傢伙拔出插在腰際的西洋劍。我們隔著長桌，一邊觀察對方下一步的舉動一邊走動。

「呵呵呵，男人對男人持劍決鬥，真不錯。」

「你剛剛不是才因為我是男的很失望嗎？都你在說。」

「我聽說你也是狹間結界術的術師，但我可不怕虛假的太陽喔。」

德古拉公爵似乎認為我會驅使狹間結界術，製造出一個有太陽的空間把他燒死。

「確實，就算是狹間結界的太陽，只要做得夠精巧，或許有機會消滅肉體。但能夠殺死我的靈魂的只有真正的太陽。不過現在水屑放出了黑點蟲，就連淺草的太陽都被遮蔽住了。」

「黑點蟲……？」

陌生的詞彙令我蹙眉。

是覆蓋住淺草上空那個漆黑漩渦狀的雲嗎？

「水屑的血和常世的技術讓我獲得遠比以前更強大的力量。即使你是酒吞童子的轉世，你也打不倒我。」

看著多話的德古拉公爵，我冷哼一聲，諷刺地笑了。

「你不懂，真正恐怖的可不是死在這裡喔。」

「……什麼？」

德古拉公爵多半聽不懂我的話中含意。

但我去地獄走一趟，在那裡明白了一些事。

靈魂在世界系的系統中不斷循環，而在現世中死亡，只不過是漫長過程裡的一個點。

「對你這種惡棍來說，最恐怖的是死後要經歷數百、數千年，永無止盡的折磨。對你們這些吸血鬼而言，那種折磨就是無法獲得任何鮮血，並且要一直待在炙烈的太陽光下。也就等同於受到飢與渴的酷刑。」

「……」

「我之前待的『眾合地獄』簡直就是讓人受盡飢渴折磨，放眼望去全都是沙漠的地獄。原本是陷溺於色欲的罪人會去的地方，但犯下重大罪刑的吸血鬼，通常也會被送到這裡。」

「……你從剛才就一直在講什麼啊。」

我忽然沒頭沒腦地說起地獄的事，德古拉公爵用憐憫的目光望著我。

我毫不介意那種冰涼的視線，繼續往下說：

「德古拉公爵，你的同伴伊莉莎白，我曾在眾合地獄見過她。」

「啊？」

「那個女的在陽光照射下，渴求美男子的鮮血，追著我們獄卒到處跑。但罪人不可能吸得到獄卒的血。她只能一直品嘗太陽灼燒身體，又喝不到鮮血的痛苦。現在肯定也一樣。幾十年、幾百年，甚至幾千年，都一樣。無止盡地重覆死亡與受苦。」

「……」

「對吸血鬼而言，受陽光炙烤的痛楚和喝不到鮮血的煎熬，是怎樣一種感覺呢？我是不懂啦，但你肯定很懂吧，德古拉公爵。」

我直接踩吸血鬼的痛處。做過獄卒後，也學會講狠話了。

德古拉公爵原本從容不迫的神情僅稍微暗了暗。

「你……見識過地獄了嗎？」

我走到剛才德古拉公爵坐著喝鮮血的位置。

相反地，德古拉公爵則走到我剛才在的位置。

「可不是見識過而已喔，我是地獄的上級獄卒……你的天敵。」

我把手放在鮮紅色的裝飾桌巾上，露出鬼氣森森的笑容。

幾乎與此同時，德古拉公爵跳上桌，就像在說先下手為強似地將西洋劍尖對準我衝過來。

德古拉公爵應該是不願意再聽我扯一些無關的話，也希望避免我建構狹間結界吧。

「！」

那傢伙的劍尖在我眼前被大力彈開了。

簡直像撞到透明玻璃一般，發出尖銳高亢的聲音。

他似乎沒料到自己會受到簡易結界的阻擋，立刻旋轉身體，讓身上的斗篷騰飛起來如黑影般擴張以防備我的攻擊。他大概以為自己設下了天衣無縫的防護罩，不過——

「蠢蛋，腳下可是空的！」

我把手一直擺著的那塊紅色裝飾桌巾一抽，他立刻失去平衡。

「唔……」

德古拉公爵一倒在餐桌上，我就跳到他上方，想一刀貫穿他。

不過他身手矯健，避開了那一刀。他動作極為靈活，速度遠超乎常人範圍，他下餐桌後立刻移動到稍微有一點距離的地方，重新站穩。

「真令人火大，給我堂堂正正用劍對戰！看我把你刺成串燒！」

我不用華麗大招狹間結界術，也不拿刀直接砍過去，從剛剛就一直耍一些小動作攻擊，激得德古拉公爵心浮氣躁的。

對付這種裝模作樣的傢伙，小花招最有效了。

接下來，我就如那傢伙的願，舉刀和西洋劍交戰幾回。和異國劍士比劃，有點難發揮，他又一心一意要把我刺成串燒。

我腦中閃過這些念頭時，他湊近身後。

「……」

我的後頸被他咬住，吸了血。

我立刻閃避，逃離他的尖牙，因此被吸走的血量應該相當少，只是……

尖銳牙齒貫穿了柔軟的後頸，有夠痛。

真紀每次被凜音吸血都這麼痛嗎？

一想到這點，該怎麼說咧，心情還是十分複雜啊。

「呵呵，不愧是酒吞童子的鮮血。才喝一點點，我就能感覺到靈力在恢復了。」

「不是真紀的血也好嗎？你啊，會不會只是心理作用？」

照理說我的鮮血沒有那種力量才對，不過，吸血鬼只要喝了血精神就來了吧。沒錯。

這樣一來一往的同時，我也完成準備工作了。

「！」

剛才我拉扯的那塊紅色裝飾桌巾，早已不知不覺中纏上德古拉公爵的腳。但德古拉公爵一心只想著要把我刺成串燒，又跳到空中，等他注意到時已經太遲了。

那塊桌巾宛如奇妙的紅色生物般翻騰，把德古拉公爵的身體高高拉起，倒吊在空中。

德古拉公爵的假面從臉上脫落，掉到地面，滾遠，發出喀啦喀啦的聲響。

「什……什麼啊，你以為這種東西就能逮住我嗎？」

雖然臉露了出來，德古拉公爵依然表現得泰然自若。他嘗試扯斷那塊紅色裝飾桌巾，又扭動身體試圖從桌巾中脫身。

但不管他怎麼努力，都無法逃離紅色桌巾的束縛。

他一一嘗試各種方法時，我就在一旁靜靜看著。

「為什麼？不管我做什麼都逃不出去！就連我決定放棄這個身體，讓靈魂逃走……也辦不到……」

德古拉公爵終於出現焦急之色了。

那個表情顯露出，他隱約察覺到雖然只是被倒吊，但自己對這個狀態是無計可施的。

我揚起嘴角壞心地笑。

「你當然逃不出來。因為現在我抓住的不是你的肉體，而是你的靈魂。」

「靈、靈魂……？」

「對，我在地獄獲得了把你這種惡棍的『靈魂』強制送下地獄的能力，讓你們絕對無法逃跑的權力。」

我不客氣地朝被倒吊的德古拉公爵走近。

「抓你算輕鬆，畢竟，你早就死了。」

獄卒也要遵守地獄的規定，就算對方名列黑名單上，把活人送進地獄還是違反規定。要先等到肉體死亡，確定對方真的死去，才可以把靈魂拖進地獄裡。

我帶真紀回地面上時指出的矛盾之處，也正是這一點。

吸血鬼由於肉體早就死了，只要想辦法把靈魂送進地獄，就算沒讓他照射到陽光，也能確實讓他死亡。

但這傢伙的情況不同，就算肉體不堪使用了，他也能輕易讓靈魂自由逃脫。我推測就是因為這個緣故，至今才沒有獄卒逮到他。

既然如此，那把這傢伙的靈魂禁錮在現在的肉體裡一起抓起來，再連同肉體送到地獄就行了。反正肉體早就死了。

「你記得嗎？我剛才故意被你吸血。那其實是一種獄卒術，可以把你的靈魂綑綁在你現在這個身體裡。最適合用在你這種靈魂可以自由逃脫的傢伙身上。」

匡啷……匡啷……

鎖鏈彼此摩擦的聲音響起。

吊著德古拉公爵的那塊紅色裝飾桌巾，不知何時已變成一條細細的鎖鏈，緊緊束縛著他。

「唔……」

德古拉公爵也注意到這件事了。

原本是沒必要讓他吸血。「上級獄卒術・繫」這種術法會產生黏性，可以把靈魂拘束在沾到獄卒鮮血的地方。

不過對方既然是吸血鬼，我想讓他吸血，可能會使他稍稍放鬆戒心，才故意施捨他一點血。

再來，我的手剛才一直摸著裝飾桌巾施下的術法，稱為「上級獄卒術・鎖鏈」。這種術法只要以長型物件作為媒介，就能招喚獄卒在地獄使用的鎖鏈。其實我從一開始就一直在評估了，德古拉公爵面前的那塊裝飾桌巾看起來正好很適合。

這次我早就決定好，不發動他最戒備而我很擅長的狹間結界術，要只用獄卒術打倒德古拉公爵。

「你看下面。」

「……」

德古拉公爵依然被鎖鏈倒吊著，他察覺到不祥的氣息，緩緩轉動眼球，把目光投向正下方。

德古拉公爵的下方，出現了一個漆黑的大洞。

連通深淵的地獄穴。

可以暫時變出這個地獄穴的術法稱為「上級獄卒術・陷落」。

從地獄穴的深處傳來駭人的呻吟聲。

那是已墜入地獄的亡者們承受不住痛苦，令人寒毛直豎的淒厲哭喊。

「德古拉公爵，你也聽見了嗎？從今天起，你過去犯下了多少罪，就得在地獄經歷多少痛苦。」

「住、住手……」

「哦，原來吸血鬼也會害怕地獄呀。」

我其實頗感意外。

因為我過去一直認為疼痛和恐懼大概對這些傢伙沒什麼嚇阻效果。

「不過那些被你殺害的人類，受到比你更慘無人道的對待，嘗盡恐懼和痛苦……不好意思，這也是我的工作。」

從地獄穴中伸出一隻黏呼呼的鬼手，紅色、粗糙，滿是大塊肌肉。

光看這個場景很像恐怖片，但我很清楚。像這種把大惡人靈魂拖進地獄，多半是下級獄卒的工作，因此這隻手的主人肯定是個工作認真勤奮的赤鬼吧。

只是看在不了解情況的德古拉公爵眼裡，那似乎是令人驚悚至極的東西，

「住手，住手啊啊啊啊啊啊啊！」

他不停慘叫，極力掙扎。

他可是全世界最出名的吸血鬼，這副德性簡直慘不忍睹。

可規則就是規則，赤鬼的手抓住德古拉公爵的頭，一把往下拉。

「住手啊啊啊啊啊啊啊啊啊！唔哇啊啊啊啊啊啊啊啊啊啊！」

德古拉公爵的頭部輕輕鬆鬆就被扯了下來，讓赤鬼獄卒帶走了。下一刻，剩下的身體也跟著掉進地獄穴裡。我好像，看到討厭的畫面了。

那傢伙的慘叫聲從地獄穴深處傳了上來，再慢慢遠去。

而暫時連通地獄和此處的地獄穴，在我按下手機裡「任務達成」的按鍵後，逐漸皺縮，最終閉上了。

剛才綑綁住德古拉公爵肉體的那條鎖鏈，也變回原本的紅色裝飾桌巾，輕飄飄地落到地面。

「……呼。」

這是我第一次在現世使用獄卒術，幸好一切順利，成功達成了任務。

下一刻，嗶啷一聲，手機響了。

我查看手機裡的獄卒ＡＰＰ，上面出現了「入帳通知」。

我眼睛一連眨了好幾下，慢了一拍才驀地睜大……

「這、這什麼情況？電子錢包居然有這麼一大筆錢轉進來……」

是因為我把黑名單上的一人送回地獄了嗎？

這是我上任地獄公務員所賺到的酬勞嗎？

在準備上級獄卒考試時，我有稍微念到這個部分，所以我其實知道，上級獄卒除了平常的基本薪資，會再依據把異界黑名單送回地獄的績效發放獎金。

「不對不對、不對不對，現在可不是見錢眼開的時候。就算賺再多錢，要是這個世界被水屑搶走，一切就玩完了。」

我在原地走來走去，雙手拍了臉幾下，把手機收回懷裡。

決定先暫時把剛轉進來的那筆巨款拋諸腦後。

這下子只要努力當獄卒，不用找工作也沒問題嘛……這種事都先不去想。

「咦？這是什麼？」

我突然注意到有張紙片掉在腳邊的地板上。

對了，我想起剛到這裡時，德古拉公爵正在攤開一張紙看。我還看見他把那張紙折好收進懷中。

我不禁好奇，撿起那張紙攤開來看。

那是裏凌雲閣狹間的舊設計圖，在設計圖的最旁邊，以潦草字跡寫著一句話。

裏凌雲閣下沉睡著大髑髏

「大……髑髏……？」

這是怎麼回事？

這種講法就好像在說，櫻花樹下埋著一具死屍一樣。

不，我知道大髑髏是什麼。巨大骸骨的妖怪。

是由無數死者靈魂聚集而形成的妖怪，因此都在死傷慘重的戰場等處誕生。至今我曾見過幾次，真紀也說過，她曾打倒在蓋河童樂園時出現的髑髏。

但這個大髑髏究竟是什麼？

總感覺是在暗指什麼特定的東西。

德古拉公爵似乎是在找這個大髑髏，才會待在裏凌雲閣。他找這東西要幹嘛呢……

我有點介意，決定來查一下裏凌雲閣。

我把手放到地面，抽取這個狹間的資訊。

下一刻，眼前驀地出現好幾塊輕薄透明的螢幕，上頭羅列著這個狹間的基本資訊。

這裡我過去雖然來過幾次，但畢竟是淺草地下街妖怪工會在管理的狹間，我就不曾特別留心，也沒有查過它的資訊。

而且擅自查東查西的也不太好意思。

「地下空間……？」

我查過裏凌雲閣的設計圖和周邊資訊後，發現裏凌雲閣的正下方似乎還有其他空間，還是一個相當寬廣的空間。

那裡似乎可以從我所在的最高樓層直接搭電梯下去……

我先進電梯一探究竟。電梯裡的按鈕只有一樓到十二樓，這裡是十二樓，可沒有什麼地下樓層。

我伸手搭上電梯的側牆，深入搜尋裏凌雲閣的資訊。

結果，找到了裏凌雲閣最初製作者的名字。

「……水連？」

怎麼會是那隻水蛇。

我從來沒聽說過這件事，內心浮現出的第一個感覺就是，疑惑。

不過，那傢伙是在大魔緣茨木童子死後仍然繼續留在淺草的妖怪。

這或許並非不可能。

要是本人在這裡，就可以追問各種細節了，但很可惜，那傢伙此時並不在這兒。

明明平常沒事時吵得要命，總是理所當然地在旁邊轉來轉去。主要是真紀的旁邊。

「還是乾脆直接找那隻水蛇比較快？不。」

我隻手抵住下巴思索。那隻水蛇特地在這裡做一個「裏凌雲閣」，會有什麼意圖？

有一句話是，最危險的地方就是最安全的地方。會不會……是為了隱藏下方的那個空間，水連才特地做了裏凌雲閣？

「該不會，是和大魔緣茨木童子有關的空間吧……」

就在我想到這一點時。

『你先閉上眼睛……』

突然，有聲音響起。

是誰的聲音呢？年幼少女的稚嫩聲音。

我在電梯裡左右張望看向四周，但半個人影也沒看到。

明明我感覺聲音是從非常靠近的地方傳來。

『你先閉上眼睛……想愛的話。』

愛……？

多半是妖怪之流，但我認為那道聲音沒有惡意，便遵從指示閉上眼。

接著不知怎地，在閉上眼後，眼皮內側模模糊糊地浮現出東西。

那是一個可以選擇電梯去處的按鍵，上面畫著「↓」的符號。

我依舊閉著雙眼，伸出手指朝浮現於黑暗中的那個按鍵按下去。

電梯關上門，開始不斷往下移動。

那段期間我一直閉著眼睛。很不可思議，我光靠體感就能察覺電梯已經下降了幾層樓。

叮。類似鈴聲的聲音響起。

電梯門自動朝左右打開，我緩緩睜開雙眼。

率先映入眼簾的是，傍晚的太陽。

出乎意料的炫目光芒亮晃晃地在眼前閃爍，我忍不住瞇起眼睛。

一踏出電梯，海風的氣味迎面而來，我驚訝地睜大雙眼。

「……」

乳白色為底的天空，渲染著橘黃色和水藍色。

那些色彩又淺淺倒映在海面上。

一個足跡都沒有的乾淨沙灘。

海浪安穩地在岸邊延展開來。深綠色的松林。

唰……唰……

只聽得見水波擴散的聲音。

許久以來早已忘卻的空間，就在那裡。

我在那個不可思議的海岸空間中走了一會兒。

唰，唰，踩踏沙灘的聲音持續響著。

「……是因為剛剛被吸過血嗎？頭有一點昏。」

雖是自己主動被吸的，此刻仍感到輕微的頭暈。

才失去這麼一點血就出現貧血，我深深體會到人類的身體有多脆弱。一想到我還在地獄時，就算稍微硬撐或受點傷，身心也完全不會出問題，看來，在地獄裡的我果然是「鬼」啊……

就算我擁有鬼的前世，現在又是地獄的上級獄卒，但在現世裡，我就是一個普通的人類。沒錯，我果然還是一個普通的人類。

肉體一旦變得衰弱，有所損壞，人類馬上就會死去。

再加上這裡的時間流動緩慢，陽光又暖洋洋的，不知怎地睡意強烈襲來。

「不行不行，睡著了就會死。」

我這樣恐嚇自己，用力眨動眼睛，不知何時眼前站著一個黑色的矮小人影。

「……咦？」

那是什麼？頂著一個巨大的頭蓋骨，身材嬌小的影法師。

影法師是一種妖怪，具有人影般的黑色輪廓，算是一種浮游靈。

而且那個頭蓋骨上面只有一隻眼睛……

『這邊喔。過來愛他。』

是我在電梯裡聽見的那個稚嫩聲音。
影法師沒有嘴巴，只有那道聲音在腦中不斷迴盪。
他朝我招手，那種慌慌張張的舉止也很像小孩子。
儘管還有幾分戒心，我仍決定跟著來叫我的那個影法師走。
在沙灘上走了一會兒，我忽然意識到自己所在的狹長沙洲似曾相識，停下腳步。
「這裡……難道是，天橋立？」
景色和真正的天橋立相差甚遠，但我總感覺，夢境中的天橋立大概就會長這樣，有幾處相似。
我又走了一段路，查看周圍情況，但沙洲在一半就斷了，空間的界線就像被截斷的紙片一樣。另一側是，黑暗。
「這是誰做的狹間啊？」
裏凌雲閣是水連做的。
那做這個空間的，是誰？
我很想知道答案，疑問占滿了所有思緒，我把手放在沙灘上叫出狹間的資訊。內心莫名騷動著。

「……茨姬。」

狹間的製作者寫著，茨木童子。

我一直知道她會用狹間結界術。

真紀也會，雖然在我面前幾乎不用，但她曾有一次在我眼前施展過狹間結界術。

此刻，我終於開始明白其中緣由了。

淺草的地底下聚集了大量的狹間結界，這種情況在日本很少見，卻出現在這裡，原因肯定出在她身上。

我幾乎沒將那種術法流傳給後世就死了，然而現代卻有不少妖怪會用狹間結界術，其原因一定……

一定，也是茨姬……

「茨姬遺留下來的成果。」

她渴望奪回酒吞童子的首級四處流浪，最終來到了淺草這塊土地。

她活過的證明，她走過的足跡，也留在了這裡。

這一定不光是為了復仇。

不光是為了奪回酒吞童子的首級。

而是茨姬就算化成惡妖，內心對妖怪的關懷也不曾稍減，依然持續思考該如何改善妖怪的未來吧。那些痕跡，一直留在淺草。

我愣了好半晌，杵在原地的雙腳，被漫上沙灘的海浪浸濕了。

終於，我用黏著沙粒的手按住額頭，擠出聲音。

「我過去都一無所知地，在這塊土地生活……」

到今天為止，我已受這項事實衝擊太多次了。

現在，我不會再因這種打擊而頹喪。

只是深深刻進心底。

我必須找到她曾走過的一個又一個足跡，將過去那些事實拾起，珍藏於心中。

「好想見真紀……」

好想見她，真的好想見她。

我現在，就想在這裡，見到真紀。

好想見到現實世界裡活生生的真紀，那些被迫分離的時光，使我心中對她的愛意都快滿溢而出。

「馨……？」

彷彿在回應我的願望似地，一道聲音叫喚我的名字。

那叫人懷念珍愛，讓我整顆心柔軟下來的聲音，令我猛然回神，抬起原本低垂的頭。

海風吹得那頭紅髮在空中飄揚，吸引住我的目光。

前方不遠處，佇立著一位身穿水手服的紅髮少女。

「……真紀。」

那個總是理所當然待在我身邊的女孩，她一如平常的身影，深深抓住了我的目光。

她不是茨姬，也不是大魔緣。

站在那裡的人，就只是茨木真紀。

「……」

「……」

為什麼我們會這樣見不到面呢？

明明過去無時無刻不在一起，根本不懂得分離為何物。

相互叫喚彼此的名字後，在僅聽見海浪聲反覆響起的空間中，我們雙眼眨也不眨地凝視著對方。

終於，我邁出步伐跑了起來。

對面那位水手服少女，小臉一皺，也朝我跑來。

啪唰啪唰，浪潮起伏的海水激起無數亮晶晶的小水花。

在永不下沉的夕陽照耀下，我緊緊抱住這個過去每天膩在一起卻從不曾厭煩的女孩子。

「真紀，真紀！」

「馨……」

真紀把臉埋進我的胸口，語帶哭腔說。

「見到了，終於見到了！」

「啊啊，終於見到了……」

在這個世界，以這個模樣，終於，見到了。

明明不久前才在地獄見過彼此，此刻卻彷彿許久不見。

我此刻只想全心感受真紀就在這裡，不去思考其他任何事，只是緊緊相擁。
但現實情況不容許，雙方都放鬆了擁抱的力道。
真紀一臉依依不捨地抬起頭，出聲問我。
「欸，馨，你怎麼會在這裡？」
「……我聽到聲音，有個聲音在叫我。」
「聲音？」
真紀的頭髮黏在臉頰上，我伸出手幫她撥開，一邊說：
「頭蓋骨上只有一個眼睛的影法師，帶我過來的……」
這樣說起來，那個影法師到哪裡去了？
我環顧四周都沒看到。
我一提到頭蓋骨上只有一個眼睛的影法師，真紀似乎就明白了什麼，露出恍然大悟的神情。
「那大概是小一吧。」
「小一？」
「……那是江戶時代的事了。我在找酒吞童子的首級時，曾因為收到假消息而從幕府偷出只有一隻眼睛的小孩的頭蓋骨。」

「啊。」

我想起來了。

在地獄的淨玻璃鏡，我曾看見大魔緣茨木童子的過去。

剛好在回溯到江戶時代的記憶時，茨姬抱著以為裡面裝著酒呑童子首級的箱子逃跑，沒想到打開來一看，卻是獨眼小孩的頭蓋骨。

「小一呀，是寄宿在頭蓋骨中，只有一個眼睛的幽靈。她是女生喔。遭到人類殺害，原本是要拿來當作人工大髑髏的材料，不過……後來被用來假冒酒呑童子的首級。」

真紀垂下眼睛繼續說：

「我沒辦法，只好一直帶著那個幽靈跑來跑去。我其實就超怕幽靈的啊。但沒辦法，畢竟是我害她醒過來的。」

從江戶時代一直到明治初期為止。

一直跟著自己的那個小孩幽靈，茨姬稱她為小一。

問她為什麼叫作小一，她回答單純因為那孩子只有「一隻眼睛」。

看來她令人難以恭維的命名品味，從當年起就沒進步過啦。

「……她朝我招手，帶我到這裡來。」

真紀恍然大悟地抬頭看向我，眼眶含淚。

「這樣啊。那孩子一直記得我哭著說『好想你（註2）』呀。」

「……」

我也知道那段記憶。

四處尋找酒吞童子首級的茨姬，費盡千辛萬苦終於到手的卻是假貨，是只有一隻眼睛的小孩頭蓋骨。

她發現這個事實後，說「又……錯了」，緊緊抱著只有一個眼睛的頭蓋骨哭泣。

『我好想你，好想你。真的好想你，酒大人……』

全心只有這個願望的茨姬，那始終如一的話語及愛情，讓那個獨眼幽靈留下了深刻的印象吧。

好想見你。想愛，愛……嗎？

註2：前面影法師講的「想愛」和茨姬過去說的「好想你」，在書中的日文原文分別是「愛たい」和「会いたい」，讀音相同。

「欸，真紀。我是從裏凌雲閣下來這裡的……」

「咦？這樣嗎？那邊也有通往這裡的入口呀。」

「話說，裏凌雲閣好像是水連做的，真紀，妳知道這件事嗎？」

「咦咦咦？是這樣嗎？我完全不知道……」

真紀非常驚訝。她的表情顯現出，她是真的不知情。

水連那傢伙居然連真紀也蒙在鼓裡啊……

不管怎麼說，妖怪就是喜歡有祕密。

「話說回來，水連呢？那傢伙不是跟妳一起走嗎？」

「阿水帶那些受傷的妖怪去河童樂園了。淺草的妖怪現在好像都去河童樂園避難了，那邊至少是獨立在淺草外頭的狹間。」

「啊啊，原來如此。河童樂園確實滿適合當避難場所的。」

「那段期間，我先來看一下這邊的情況。我在路上遇到水屑的手下，聽說水屑她們正在找沉睡於此地的大髑髏。」

「沒錯，那是真的，妳看這個。水屑的同夥德古拉公爵帶在身上的東西，上面寫，裏凌雲閣下沉睡著大髑髏……」

我掏出剛才收進懷中的裏凌雲閣設計圖，拿給真紀看。

真紀的眼神流露出幾分警戒，先環顧四周，才深吸一口氣，

「喂，阿——大——你在哪裡——？」

她用極大的音量朝那片海大喊。

這女人老是這麼大膽妄為，我還以為鼓膜都要震破了……

我驚魂未定地閃過這些念頭時，原本一直相當平穩的海浪忽然翻騰洶湧起來，甚至還出現了地鳴。

我望向海面的另一頭，有東西正緩緩站起身，伴隨著轟隆巨響朝這邊走過來。

那東西愈是靠近，我就愈震驚於他的巨大而睜大雙眼。

「好、好大……」

在至今所見中壓倒性巨大的大髑髏映入眼底。

太驚人了，大概超過五十公尺高……

「啊，小一也在那裡。」

大髑髏的肩膀上，坐著那個獨眼的小影法師。

大髑髏走到我們附近後，真紀向我介紹他。

「他啊，就是大髑髏，叫作阿大。是江戶時代由幕府做出來的人造妖怪。他塊頭實在太大了，在外面的世界找不到地方容身，我就叫他待在這個狹間結界裡。」

真紀的表情有點不好意思，頻頻用手指摳著臉頰。

「這裡呀，是我做的狹間喔。」

「啊，這我曉得，我剛才調查過了。」

「……是喔。」

真紀清了清喉嚨，依然還是有些害羞地說：

「基本上，這個狹間是我一邊回想過去酒大人帶我去的天橋立一邊做的。和真正的天橋立有很多地方不同，我也沒辦法做得像酒大人那樣精巧。輾轉來到淺草後，大魔緣茨木童子領悟到，自己再也無法重回那個地方了，所以……」

她明白肉體已經到極限了吧。真紀輕聲說。

她在淺草做的第一個狹間結界，就是這裡。

真紀凝望著大海遙遠的另一端，臉上流露出懷念之情。

「我不是很擅長狹間結界術，有很多地方做得很奇怪，不過……」

「沒這回事。」

我搖頭。

「我完全不知道妳的狹間結界術有這麼厲害。不，不對。應該說妳為了幫助更多妖怪，給他們一個容身之處，甚至努力用自己不擅長的狹間結界術。就像這個大髑髏一樣……」

而那同時也是過去酒吞童子的理想。

「茨姬真了不起，我的心裡只感到欽佩。」

看到這個地方，我心中對大魔緣茨木童子只有純粹的敬意。

她不是只有追尋酒吞童子首級四處奔走的悲哀面相，在那段過程中完成的各項事蹟經過時間發酵，到現代累積出了深遠的意義。

難怪。

我在淺草與真紀重逢時，她變成了一個遠比我過去認識的茨姬更為強悍的女人，當時我很驚訝，現在回想卻是理所當然。

在我缺席的漫長光陰之中，茨姬比酒吞童子達成了更多的事情。

比酒吞童子遇見了更多的妖怪，見識過更遼闊的世界，落實了各式各樣的措施。

如果日本有一個最偉大的鬼，那肯定是茨木童子。

太了不起了。真的。

「……咦？也就是說，妳之前偶爾就會過來這裡嗎？」

「嗯，其實我有偷偷來。抱歉，瞞著你。」

茨姬對我隱瞞了大魔緣茨木童子的過往，就算那個祕密曝光後，她也幾乎不曾主動提起這個話題。

「其實，我在地獄看過大魔緣的過去。在那裡也看到了這隻大髑髏在江戶街道上發狂橫行的場面。不只如此，還看了……妳的戰鬥。」

「……」

「我很慶幸自己去了地獄……這樣說，對承受無間地獄折磨的妳有點不好意思，但我真的認為幸好去了。我在那裡知道了更多有關茨姬的事，那些妳難以啟齒的部分。」

那一天，叶出現在我們面前，宣告要揭穿我們的謊言。

他說——我來這裡是為了讓你們獲得幸福。

他那句話的含意，現在我已經痛徹心扉地懂了。

要是不知道真相，我就看不見真正的真紀。

要是不知道真相，就會有太多我無法理解的事。

沒有任何事會讓我覺得，真希望不知道比較好。

真紀的雙頰果然如火燒般緋紅，但不久後又恢復平常可靠的表情，露出堅毅的眼神，注視著大髑髏。

「阿水會在這上面做裏凌雲閣，肯定是為了保護阿大吧。這孩子雖然很強，但他個性極為單純，很容易被有心人利用。」

「……既然他們說在找大髑髏，那就代表水屑也想要利用它吧。」

「那個可能性很高。據說那隻女狐的日標是，奪取現世建造妖怪之國。她打的如意算盤可能是等終於打贏我們後，就利用阿大橫掃現世。」

真紀周遭的靈力驀地繃緊。

我從剛才就注意到了，她身上還殘留著一些地獄的香氣。

我握住身旁真紀的手。

「這種事我們絕對不會讓它發生的，對吧？」

「……嗯。」

真紀用略帶哭音的聲音又「嗯」地點頭。

沒錯，只要我們打贏水屑就行了。

要是我們輸了，這隻大髑髏就會再次被丟到地面上，在違反它本人意願的狀況下，破壞人類的世界。

「馨，我告訴你。聽說水屑現在正打算做出一個連通現世和常世的蟲洞。」

「什麼？蟲洞……？」

「淺草上空有一大片漩渦狀的雲，馨，你應該也看見了吧？聽說那個叫作黑點蟲，是常世專門用來對付人類的武器。到了明天早上，那些黑點蟲就會啃食出一個蟲洞，連通常世和現世。」

真紀說，這是一個名叫大嶽丸的鬼，在和她打了一場後透露的資訊。

說到大嶽丸，他是在酒吞童子出現之前遠近馳名的鬼，也曾經是我憧憬的對象，但看來已經命喪黃泉了。因為親口說出這些資訊，被水屑的管狐火咬破心臟……

由此可見，這些資訊可信度很高。

按照大嶽丸的說法，一旦常世和現世連通，那一側的妖怪們就會帶著大批常世的武器，相繼來到現世。

這件事太大條了。

那簡直是侵略異界的開端。

「你可能沒辦法相信，我其實……也覺得難以置信……」

「……不，我也可以用獄卒術打開連通地獄的洞，他口中的蟲洞，絕非不可能的事。」

反倒正因為並非不可能的事才糟糕。

「不過，那麼巨大的蟲洞絕對沒辦法輕易做出來。」

那種程度的異界連通穴，肯定需要先同時滿足各種因素及條件，也必須經過幾個特定的階段，更重要的是，一定要有龐大的靈力才能達成。

沒辦法輕易做出來，就代表只要這次能夠成功阻止，就能暫時防止來自異界的侵略了。

「無論如何，我們該做的都只有一件事，對吧？」

「……對，從一開始就未曾變過。我們要的，並不是守護現世那種遠大的目標。」

真紀也跟著點頭「嗯」地應和。

「打倒水屑，那是我們橫跨千年的命運。」

再一次，確立了決心。

真紀把手放在嘴巴前方，又大聲喊。

「阿大，小一，裏淺草暫時還會亂一陣子，你們待在這裡等喔。我會再過來找你們的！啊，不能跟著壞人走喔。」

聽見真紀的聲音後，阿大垂下巨大的頭部表示同意，小一則舉起黑色小手輕巧晃動。

「走吧，現在可不是悠哉的時候了。」

「嗯，沒錯。要上戰場了。」

橫跨千年的這場戰鬥，將會如何了結呢？

話說回來，真的存在所謂的了結嗎？

不論最後將走向何種結局，此刻我們知道的只有，那正在逐漸逼近。

第六章

守住河童樂園

我真正的名字叫作鵺。

意思是，夜鳥。

不過很少有人用這個名字叫我。

因為我長時間用繼見由理彥這個名字，以普通人類的身分生活，現在大家幾乎都叫我由理了，但還是有人用鵺這個妖怪種族的名稱叫我。

千年前我是名留青史的公卿藤原公任，也有極少數人是用這個名字叫我。

鵺，就是這種生物。

可以徹底變成其他人。

隱藏原本的自己。

看見真實的我的，只有一位人類少女。

目前一起行動的有我、凜音、木羅羅和小麻糬。

就我看來，我們四個湊在一起是相當少見的。

不過我們都願意相互合作。馨去了京都，真紀仍在昏迷，無能為力的我們都在思考自己能做些什麼。

如果是那兩個人，他們會做什麼？

於是，我們決定去發生異狀的裏淺草調查情況。

結果，水屑早就對裏淺草動手了，等我們過來時，已是水屑那一夥妖怪肆虐結束之後了。

情況極為艱困。

地面上的淺草正籠罩在異樣的妖氣中，而由狹間結界組成的裏淺草，妖怪們被水屑的手下攻擊，被悽慘殺害，被吃得一乾二淨，連骨頭和血肉都不剩。

裏淺草原本也有妖怪發展出的商店街、田地、酒廠及工廠，但那些建築也全數被毫不留情地破壞，搗毀，各種物品凌亂四散。

他們幾乎都是些遵守人類規矩，安分守己的妖怪。

多數妖怪都從未傷害過任何人。

這些善良溫和的妖怪，就被以水屑為首、一群仗著拳頭大的中級妖怪和大妖怪像小蟲一樣捏死，每天辛勤工作的成果就這樣被踐踏，在痛苦中充滿悔恨地死去。

那不是力量強大的妖怪應該做的事。

大妖怪不應該把自己過剩的力氣用在破壞及殺戮，那些力量原本該是用來守護易受欺負的弱小妖怪的。

正因如此，酒吞童子和茨木童子更顯得特別。

他們真的擁有妖怪之王及女王的器量。

正因為大家看得明白，才會一直到千年後都還有這麼多人對他們懷抱著強烈的憧憬。

「喂，鵺。有倖存的低級妖怪喔。」

凜音找到了躲在瓦礫縫隙中嗚咽啜泣的妖怪。

那是體型嬌小的火鼠小孩。

火鼠是在這一帶群居過活，相當弱小的一種妖怪。

「嗚嗚嗚～鵺大人～～」

那隻小火鼠哭著抓住我說，原本在這附近生活的妖怪，都被水屑那些手下吞進肚，吃掉了。

他是因為碰巧在瓦礫縫隙中昏了過去，才撿回一條命。

「噗咿喔……」

小麻糬應該是不明白發生了什麼事，只是感受到了這隻小火鼠的悲傷。他從木羅羅的手臂跳下來，輕輕摸小火鼠的頭。

「……太殘酷了，一定還有其他妖怪活下來才對。我們應該要找到那些妖怪，送他們去河童樂園避難。」

木羅羅把小麻糬和哭泣的火鼠一起抱進懷裡，神情沉痛地提議。

「這倒是。那裡是由木羅羅本體擔任結界柱的現成狹間，而且勉強算是在淺草的範圍之外。」

「河童樂園嗎？從裏淺草只有一條路可以過去，只要徹底守住入口，的確是最適合作為堡壘的地點。」

我和凜音都認為這是最好的選擇。

先在裏淺草搜尋倖存的妖怪，把他們帶到河童樂園。決定行動方針後，我們立刻展開行動。

過程中也曾遇上敵人，但凜音總會及早察覺，馬上擊斃對方。淨是些低級或中級妖怪，受到水屑煽動、慫恿，從日本全國聚集而來的一群半吊子。

水屑麾下幹部等級的那些大妖怪則是一個都沒見到。是盡情肆虐後累了？還是吃很飽滿足了？他們似乎藏身於狹間深處去了。

我們一到河童樂園，就發現已經有不少妖怪逃來此地。

手鞠河童慌慌張張忙碌著，有的幫受傷的妖怪上藥，有的為餓肚子的妖怪煮飯。

「糟糕了糟糕了～」

「淺草出大事了～」

「這種時候大家就要互相幫助～」

「但日後不要忘了連本帶利還人情啊～」

那些手鞠河童在發生緊急情況時，團結合作及勤奮積極的程度真是不得了。

這裡原本是馨複製我們的高中明城學園做出來的結界。

所以裡面不僅有學校的各項用具，也有多間教室，還有那些手鞠河童為了自給自足準備的食材。

正好適合照料受傷的妖怪們，讓他們好好休息。

這個狹間結界馨會定期過來維護，比其他地方都更加堅固，正如凜音所說，是最適合作為堡壘的地點。

「不過，現在情況不得了了。」

「頭目和夫人都不在的緊急狀況下，又遇上水屑要一決勝負。」

最適合守衛河童樂園這座「城池」的，就是酒吞童子往昔四大幹部中的兩位，虎童子和熊童子。

「應該反過來看，水屑就是為此才想方設法讓真紀和馨離開淺草的。這種時候，我們更應該凝聚昔日狹間之國所有人的力量，守護淺草的妖怪。」

我這麼回應。

他們兩位也同意，用力點頭。

「既然我們來了，你可以放心，我們一定會守住這座城的。」

「沒錯，賭上酒吞童子左右手的名聲。」

兩位穿著過去擔任大江山將軍時的戰鬥服，取出自己擅長的武器，鏘地一聲撞擊地面，展現出武將堂堂的風采，站在河童樂園的正門。

這兩位的戰鬥能力在大江山的狹間之國也僅次於酒吞童子和茨木童子。

沒有人比他們更適合守門了吧。

不過……

「少講得很了不起的樣子。虎，熊。最要緊的時候，你們根本就不在。」

凜音白眼看著兩位，拋出辛辣的發言。

虎童子和熊童子都雙肩一震。

這倒是真的，這兩人在真紀性命垂危時完全聯絡不上。

「那那那……那也沒辦法吧，凜音！我們去北海道採訪出差，根本什麼都不知道啊！」

「不過這也是藉口……接下來就換我們出場了。直到頭目和夫人回來為止，我們會全心全意地守護重要的城池和居民！」

兩人展現出充分的後悔和決心。

不過凜音看向熊虎童子的視線依然冰冷。

千年前在狹間之國，熊虎童子可是傳授凜音劍術和武術的師父。

當時還是個孩子的凜音，經常被這兩人打得落花流水，玩弄於手掌心之中，同時也受到嚴格的鍛鍊，備受疼愛。

然而時光的流逝是殘酷的，現在凜音已成長為可與兩人分庭抗禮的劍士。而且比起成為漫畫家後一直過著文化性靜態生活的兩人，反倒是凜音一直待在戰鬥現場磨練。

到了這次，凜音不僅最先察覺到裏淺草出現異狀，也展現出各種足以稱為MVP的反應，因此熊虎童子也只能乖乖被他吐嘈，無話反駁。

「至少當個稱職的城門守衛啊，師父們。」

竟然，還被凜音用一種高高在上的姿態，語帶諷刺地叮嚀。

木羅羅回到本體，作為結界柱警戒著整個河童樂園的情況。同時透過遍布四面八方的樹根，搜索裏淺草內倖存妖怪的靈力，收集情報以找出水屑她們的所在地。這些事只有她才能做到的。

熊童子跟虎童子作為守衛，守在連接河童樂園和裏淺草的唯一一道正門前。剛才也有一群貌似水屑手下的中級妖怪肚子餓了，一邊走近嘴裡一邊嚷嚷著河童樂園是飼料盒，但被實力高出太多的熊虎童子打倒，現在正被那些手鞠河童處以「雲霄飛車極刑」。

「動手吧，小企鵝。」

「噗咿喔。」

那些中級妖怪被綁上雲霄飛車後，小麻糬就一直按住雲霄飛車的發車按扭，高興按多久按多久。現在，那些中級妖怪淒厲的慘叫聲響徹這座河童樂園內……

嚇人的河童樂園就交給他們，我和凜音再次回到裏淺草，尋找活下來的妖怪，叫他們去河童樂園。

只要隨身帶著木羅羅的藤花，就能隨時和她保持聯繫，她會偵測倖存妖怪微弱的靈力波，再提供資訊給我們。

這種做法很有效，在廣大的裏淺草中救下了許多妖怪的性命。

半路上，我和凜音在裏淺草的數珠川附近遇到了水連。

「鵺大人！凜！太好了，你們都沒事。」

「水連！」

「水連……？」

水連身上受到灼傷，但人平安無事。他也正領著一群活下來的中級妖怪前往河童樂園。

「喂，水連。你為什麼在這裡？你不是應該在照顧茨姬……？」

凜音皺緊眉頭，最先想到這一點。

沒錯，為了盡力保住真紀受重傷瀕死的肉體，水連一直守在她身邊專心治療。

因此水連現在人出現在這裡，凜音肯定很不放心。

「難道，茨姬……」

「你放心，凜，真紀還活著。我們的主人徹底復活了，從地獄回來了。看來馨去了京都後相當努力……是說，那也是當然的。他本來就很有本事。」

聽見水連的話，我撫胸鬆一口氣。

「真的嗎？這樣呀。太好了，真的太好了……」

「……」

我身旁的凜音悄悄紅了眼眶，這點我和水連可是都沒漏看。

但水連並沒有出言取笑他。

平常他極有可能會這樣做，唯獨這次沒有。

多半是因為水連也一樣，見到真紀復活就高興到流淚了吧。

「那茨姬人呢？」

凜音立刻裝出平靜的態度，用淡漠的神情詢問，同時左右張望。

「真紀不在這裡喔。她打敗名叫大嶽丸的ＳＳ級大妖怪後，有點不放心，就去了裏凌雲閣。那裡，就是，有點東西。凜，你也知道吧？」

「你讓茨姬自己一個人去？」

「現在的她強得很，我認為不會有問題喔。而且馨應該也快要追上真紀了……嗯。我們還得知了一件更嚴重的事。先帶大家去河童樂園，然後我們得趕緊商討對策。」

水連似乎獲得了重要的情報。

我們決定加快腳步返回河童樂園。

於是，我們又回到河童樂園。

已經有相當多中級妖怪盯上河童樂園前來踢館，但全都反被熊虎童子打倒，再被手鞠河童處以極刑。

一旁，另一群手鞠河童正忙著端上河童樂園的新名產「河童飯」給來避難的那些妖怪吃。

河童飯是在剛煮好的白飯擺上切成薄片的淺漬小黃瓜及事先調味過的山藥泥，最後再撒上海苔跟芝麻。

這個河童飯其實是富士山附近的山梨縣河口湖的名產料理，手鞠河童去河口湖員工旅行時一吃就愛上，光明正大地抄過來……

其他還有「河童包子」、「綠咖哩」、「普通的串燒」、「生產過剩的番茄」等菜色。

那些妖怪要是一直處於飢餓狀態，不知道會惹出什麼事來，因此真的相當感謝。

手鞠河童因為一直待在河童樂園，沒有任何傷亡，看到大批妖怪受傷沒地方去，他們小小的腦袋看來也自有主意，喊出感恩回饋期間的名義免費服務大家。

經過一番波折，我們總算能稍作休息，正要來聽水連的消息。

「啊！那傢伙！你要對我的本體做什麼！」

木羅羅激動大喊，用手指比向自己的本體鬼藤樹。

前來河童樂園避難的妖怪中，似乎混進了水屑那夥人的間諜，有個男的出現可疑行為。

那是擁有茶色體毛的牛面男，身上穿著好似哪家工廠廠長的工作服。

「……那是牛鬼元太。」

元太手裡拿著點燃的火把，正打算動手將河童樂園結界柱木羅羅的本體點燃。

一群手鞠河童和小麻糬正拚命阻止他。

「住手～你不是改過自新了嗎～」

「工廠長又學壞了～」

「喂，煩死了！放手，你們這群臭河童！我奉命要點燃這棵樹！」

在鬼藤的根部，一群手鞠河童正為阻止牛鬼元太的行動而奮戰著。

「噗咿喔～～」

小麻糬也緊緊抱住元太奮戰著。

只可惜元太狠狠踢飛了小麻糬。

「噗、噗咿喔、噗咿。」

小麻糬像輕巧的小球在地上彈了幾下滾開。然後，哭了。

「啊啊，小麻糬。」

我趕緊跑過去一把把小麻糬抱起來。

現在爸爸和媽媽都不在身邊，他很寂寞還是拚命努力卻……

看起來是沒有受傷，但小麻糬把臉埋進我的胸口，抽抽搭搭哭得可憐兮兮的。

小麻糬雖然不清楚情況，但一定也感受到了。

這股不尋常的氣氛、不尋常的狀況。

「牛鬼，你不是在牛御前那裡改過自新了嗎？」

凜音瞇細眼睛冷冷瞪著牛鬼。原本認定是夥伴的妖怪出現背叛的舉動，我也難掩自己的困惑。

牛鬼元太之前在合羽橋做生意。

他就是過去在量產食物模型的地下工廠把手鞠河童當奴隸使喚，被淺草的水戶黃門真紀用釘棒打成場外再見全壘打的那個妖怪。

後來他大徹大悟，去了隅田川對岸的牛嶋神社，在牛御前麾下作為神的使者認真工作才對……

看來最後他背叛了牛御前，轉投入水屑旗下。

「欸，你給我離開那棵樹！」

「唔哇啊！」

凜音一劍刺向元太，再踏熄火把。

木羅羅也指揮本體鬼藤的枝條，把牛鬼捆起來綁住。

「啃呵呵，既然你是水屑的間諜，那我就來想辦法撬開你的嘴囉～」

接著，那張可愛的臉因殘酷表情而扭曲，用力把牛鬼的身體甩來甩去，再揮動鞭子似的枝條一樣抽他，搔他癢。

「哇哈哈哈，住手，住手！痛，好痛痛痛痛，喂——」

略施酷刑後——

「我知道了我知道了！我什麼都說！拜託住手吧！」

牛鬼痛得全身扭成一團，雙眼含淚乞求，開始斷斷續續地吐露資訊。

「我們是被水屑大人……被水屑大人選中的。」

「被選中？」

「對，被選中成為純粹的黑暗化身。」

看來水屑盯上的是那些勉強壓抑著「妖怪本質」的妖怪。

在人類社會中認真工作討生活的妖怪裡，也有一些妖怪其實一直在竭力抑制渴望破壞的衝動及想吃人類的本能，內心不斷累積著怨懟。

因為現代的妖怪必須遵守規矩，絕對不能對人類出手。

當然，為了維持安穩的生活，大多數妖怪都接受這些規範，認真過活。

可是那些具備了一定力量，想保持魔性驕傲及自身本能的中級以上妖怪中，對於妖怪必須遵守人類社會規矩的生活方式持有疑問的也不在少數。

水屑向這些妖怪宣告，只要能夠在現世建立起妖怪之國，他們以後就不用再對人類低聲下氣，不用再受人類社會規矩的束縛，也不用再壓抑妖怪的本能了。

元太原本也就算是具有力量的妖怪，便決定靠攏水屑，一心期盼在現世建立妖怪可以自由生活的國度。

愚蠢。

他以為自己這樣做是在追求自由，到頭來只是被水屑利用。

「水屑大人說要把人類全趕出淺草，幫我們建立妖怪之國！」

元太舉起拳頭激動表示。

那雙眼睛閃著銳利的光芒，看來他是真心相信水屑的那番鬼話。

「繼續這樣下去，妖怪只會淪為看人類臉色討生活的卑微生物！就連牛御前大人那種等級的神明也一樣，必須受到人類的管理！妖怪明明原本是受人類畏懼的存在！明明原本是黑暗的化身！」

「……元太。」

「只要有妖怪之國，我們妖怪就能恢復原本的真實模樣，只要有一個國度……」

元太的聲音偶爾會激動走調，情緒不穩定地控訴著。

他的樣子不太尋常，明顯是被水屑成功洗腦，加以操控了。

在裏淺草大肆施暴的妖怪，大多數都是像這樣上了水屑的當，被她利用的中級妖怪吧。

「原來如此，是被那隻女狐哄騙啊。愚蠢的傢伙……」

凜音以輕蔑目光低頭看向牛鬼，不屑地說。

我也不能理解，他們為什麼會相信這種甜言蜜語。

對方可是說謊就如同呼吸般自然，能若無其事背叛他人的水屑。

可是，或許每個妖怪心底，在現世找不到容身之處的焦慮都不斷在累積。

那種焦慮可能會因為幾句話或一個契機而被觸發，進而轉化為對於容身之處及一個屬於自己的國度的渴望。

之前，水屑出現在河童樂園時，向我和叶老師撂下一句話。

『在讓那個國度復活之前，我可沒打算要死。』

她也渴望一個國度。

她想要復活的國度，恐怕是常世的……

「你們也是妖怪吧！受人類管理，只是一直被利用，你們真的認為這種生活很好嗎！」

元太用粗厚的聲音大吼。

「酒吞童子、茨木童子還有你們這些眷屬，明明當初是人類消滅了你們的國家！」

人類消滅了你們的國家。

這句話的殺傷力太強，現場的凜音、水連、木羅羅、熊童子虎童子全都神情一暗。

當然。在現場的每個人，對人類這種生物都沒什麼好印象。

內心自然也有憎恨及怨懟。

不過，在我開口說話前，凜音就舉刀對準牛鬼的肩膀毫不留情地刺下去。

「唔哇啊啊！」

刺耳的慘叫聲響徹這座河童樂園。

「你說什麼蠢話啊……比起人類，我更恨那隻女狐。就只是這樣而已。」

凜音看起來十分煩躁。

「被茨姬所救，受到茨姬親切的對待！結果還聽信那隻女狐的甜言蜜語，這樣的你又是哪根蔥？少說蠢話了，說什麼蠢話啊……」

凜音每次嘟噥到蠢話兩個字，就用刀尖輕刺牛鬼的身體，

「凜、凜？我非常懂你此刻的心情，但你能不能不要繼續刺他了？好嗎？搞得好像我們是壞

人一樣。」

水連柔聲勸慰。

凜音雖然一臉還刺不夠的表情，但還是乖乖聽從哥哥眷屬的建議，收刀回來。他揮舞一下刀身，像是要甩掉血跡後才插回刀鞘。

凜音像在表態我無話可說了一般，心情極度惡劣地轉頭看向旁邊，我便開口詢問元太：

「欸，元太，你知道自己被水屑當成用過就丟的免洗筷了嗎？」

「什麼？免洗筷？」

元太的表情顯露他現在是滿頭的問號。

接下去說明的是木羅羅。

「我看你好像不明白，那我就大方告訴你。這棵鬼藤樹過去曾被那隻女狐燒過一次。這次為了避免再度發生同樣的悲劇，事先施下了詛咒，只要有人打算點火燒這棵樹，就會遭到報應喔。」

那是考量到過去大江山妖怪之國的滅亡經過而採取的手段。

鬼藤樹怕火。萬一有人打算破壞作為重要結界柱的這棵樹，為制衡對方而採取了這項預防措施。

那是由淺草地下街妖怪工會和陰陽局合力施下的堅固詛咒，區區一個牛鬼是不可能躲開的。

起初是因為水屑曾闖進這裡一次，為了確保河童樂園能安全營運才採用的因應對策……水屑八成是知道這一點，才把這項任務交給元太的吧。

目的是在這裡引發一場混亂……

「元太，你最好早點接受現實，你真的只是被利用了。首先，水屑想要的可不是建立一個現世妖怪的國度，她想建立的，是要讓她故鄉常世的那些同胞逃過來現世以後可以生活的國度。你的癡心妄想是不可能實現的喔。」

水連說明的語調也透著寒意。

牛鬼元太臉色鐵青，雙眼漸漸浮現水氣，含淚擠出聲音。

「怎、怎麼會……我還以為做這些是為了現世妖怪好。那我到底又是為了什麼背叛牛御前大人的……」

站在稍遠處觀看的凜音似乎很討厭這類人，嘖了一聲，又不屑地說「誰曉得」。

「這是你自作自受！誰叫你自己相信錯人！」

「沒錯沒錯～」

「你活該～」

「連河童樂園都想搶走，真是太過分了～」

「你這種傢伙，就該再被茨木童子打成場外再見全壘打飛得遠遠的啦～」

「……喂，手鞠河童，你們給我閉嘴。不然沒完沒了。」

「啊——？」

手鞠河童紛紛聚集到凜音腳邊，接著凜音的話痛罵牛鬼一頓。凜音言行難掩憤怒，牛鬼不住啜泣，再加上手鞠河童又跑來湊熱鬧，現場亂成一團。

牛鬼沮喪到極點，看來再也不具備任何威脅性了，不過……

「但，已經……太遲了，『黑點蟲』已經釋放到淺草了。」

他虛脫般的一句話，引起所有人的注意。

「……黑點蟲？」

這名字令人有種不好的預感。

「對，我剛才想講的就是這件事……」

水連的表情也凝重起來，告訴我們有關「黑點蟲」的消息。

那是真紀和名為大嶽丸的妖怪戰鬥後獲得的資訊。

「黑點蟲是常世妖怪做出來的『專門對付人類的武器』。」

妖氣原本就會對人類產生強烈的刺激，而黑點蟲是會把濃縮大量妖氣的鱗粉撒遍廣大區域，外觀是黑色小飛蟲的妖怪。

這種妖氣就類似於有毒的化學武器。

「更棘手的是，聽說這些黑點蟲還會吞食空間……做出一個蟲洞，那是一種可以連通常世和現世的巨大異界連通穴。這個蟲洞一旦打通，常世的那些妖怪可能就會為了搶奪現世而展開侵略行動。」

聽了這些話，我內心十分不安。

聽說在地面上的淺草，陰陽局和淺草地下街的成員正引導人類前往避難……

「鵺大人，如果這是真的，事態非常緊急。」

「沒錯，你出去一趟，警告人類這件事比較好。」

水連和木羅羅似乎都看透了我神情中的不安。

「可是，那樣我就必須把大家丟在這裡。」

我當然也很擔心地面上的淺草，但現在最優先的是在裏淺草打倒水屑。

畢竟除此之外，我們也不曉得其他阻止黑點蟲的方法。

更何況，現在都還沒碰到真紀或馨，我認為出於個人因素離開此地是不可饒恕的。

「鵺，你只有這麼點戰鬥力，不在這裡也不成問題。我在就夠了。」

凜音似乎察覺到我在介意什麼，冷淡地大放厥詞。

木羅羅伸出手用力指向凜音。

「老實說我不想！要是鵺大人不在，這個自大男肯定會高高在上地指使我。」

「囉嗦，愛裝年輕的老太婆。」

「你看！就是這樣！他從以前就老愛對我說一些難聽話！這個臭小鬼！」

居然在這種時候開始吵架，真是讓人不放心……

「鵺大人，這件事還是應該盡快讓地面上的人類知道。你深受人類信賴，比起我們，你去說更有機會讓人類採取行動。」

「水連。」

他說的沒錯。最適合把這件事傳達給外頭人類的，是我。

而且在淺草，有我寧願犧牲性命也要守護的人們。

若葉。

我以前的家人。

她有順利逃出去嗎？

若葉應該和可靠的雙親一起逃到安全的地方了才對。

只是，萬一……

「鵺，這種時候，你只要去守護自己最重要的事物就好了。」

凜音拋來的視線很冷淡。

但他的話，展露出對我比任何人都深刻的理解。

凜音看穿了，我寧願犧牲生命也要守護的事物是什麼。

「快去。」

凜音的話推了我一把，我點頭。

隨即迅速前往裏明城學園的美術器材室。

從美術器材室裡平時常使用的掃除用具櫃回到現實世界。

我曾在這裡和馨跟真紀度過無數時光。

明明不是太久以前的事，但現在回想起來，那段時光卻如夢一般虛幻。

「……」

現在可沒時間讓我沉浸在感傷中。我躍出窗戶，騰空伸展雙翼，朝淺草飛去。

在淺草的上空覆蓋著顯眼的黑雲。

不，那不是霧，也不是雲。

那正是常世專門拿來對付人類的一種武器——黑點蟲。

第七章 在淺草重逢

誕生於人類與妖怪爭戰不休的常世，專門對付人類的武器。

名叫黑點蟲的妖怪正在淺草上空盤旋，四處撒鱗粉。那些鱗粉含有對人類有害的妖氣。

淺草此刻遭到這種可悲的產物蹂躪，淪為人類無法靠近的地區。

但淺草深處還有一些人來不及撤離，以淺草寺大黑天為首的七福神正出手協助，確保有足夠的時間讓這些人逃離妖氣。

「大和組長！」

我從上空找到淺草地下街妖怪工會的大和組長。

「夜鳥，你沒事啊。」

大和組長一注意到我，就朝我降落的位置跑來。

但他的神情十分憔悴。

儘管他比一般人更能抵禦妖氣的侵襲，但長時間待在這個空間肯定還是很難受。

淺草眾神強大的護法正保護著他。

正因如此，他才能硬撐下來……

「大和組長，不好了。聽說覆蓋淺草的黑雲，是一種名叫黑點蟲，常世專門用來對付人類的武器。」

我向大和組長簡潔說明目前已知的黑點蟲相關資訊。

「什、什麼……常世？」

大和組長那張撲克臉沒什麼變化，但雙手猛地握緊拳頭。

接著，他向我說明地面上淺草的情況。

「現在，由於對淺草居民有害的毒氣瀰漫，撤離令已經發布了。是陰陽局強力要求政府，促使政府發布的。」

他們已經知道飄浮在空中的黑雲，是一人群黑壓壓的小飛蟲。八咫烏深影飛到附近調查過了。

黑點蟲的外觀原本長得像小隻的蝴蝶，但要是我方發動攻擊，或用任何方式刺激到他們，他們就會成群結隊組合成巨大蟲體的模樣，展開攻勢。

而且他們的習性似乎是會偵測靈力較高的人類，率先攻擊他們。陰陽局的退魔師也感到很棘手。

這麼難對付的黑點蟲，目前憑藉著淺草眾神、叶老師的四神和陰陽局的注連繩施下三層結界，大致控制在淺草的範圍內。人類只要出了這個範圍，就不會受到影響。

「在大家齊心協力之下，幾乎所有人類都已經離開淺草了，但還有一些人來不及逃走，也有人是逃不了。我和陰陽局光是顧著疏散人類就已經忙不完了。如果有辦法能把那些蟲一掃而空就好了，但陰陽局厲害的陰陽師和驅邪師都試過了，幾乎沒有效果。應該說，要一口氣全部消滅實在太難了。他們會一直繁殖。」

跟我聽到的消息吻合。

「果然除了一隻不漏地一口氣消滅，就沒有其他辦法了嗎……」

如果不能清除所有黑點蟲，淺草就無法恢復平靜。

「喂，你看，夜鳥。」

大和慌張拉高音量，抬頭望著天空。

在漩渦狀雲的正中央，出現了一個漆黑圓形的空間扭曲。

「難道那個就是……你口中的蟲洞……？」

連通常世和現世的蟲洞。

雖然離完成還有一段距離，但已經在逐漸成形了。

如同黑點蟲這個名字，伴隨空間扭曲出現的那個洞，正是一個漆黑的小點。

「這種情況，到底該怎麼做才好啊……」

大和雙手抱頭。

就算打倒水屑，但只要不能徹底消滅黑點蟲，別說淺草，整個現世都將面臨巨大的災難。

如果不能在那個蟲洞完成前找出解決的辦法，淺草就沒有未來。

「別擔心。那些蟲，晴明一定會解決。」

「玄武先生。」

身穿防彈背心的灰髮年輕人，從大樓屋頂縱身一躍到我們面前，語氣肯定地說。

他是叶老師的式神之一，四神的玄武，同時也是我的上司。

「反倒應該說，那只有晴明可以處理吧。」

「你這句話……到底是……」

「總之你放心就是，現在就是相信晴明。你好歹也是他的式神吧。此刻要以救人為最優先，不能再出現更多犧牲者了。」

「……」

「淺草有很多對你很重要的人在吧。」

聽見玄武先生的這句話，我猛然回神。

沒錯，正因為情況危急，我必須去守護那唯一一個我想守護的人。

「抱歉，我先走了。」

我騰空而起，朝自己曾經住過的那個地方飛去。

自從我放棄假扮名叫繼見由理彥的人類之後，時時提醒自己盡量避免靠近的那個地方。

鶇館。

我原以為不會再踏進這裡，我珍視的那些人居住的地方。

位於淺草街上，一家歷史悠久的旅館。

旅館附近沒看見任何普通人類，也沒有陰陽局和淺草地下街的人。證明這一帶的人都已經撤離了。

即使知道這一點，我還是走進了大門敞開的旅館。

「……」

直到半年前左右，我都還以這家旅館老闆夫婦的兒子身分，在這裡生活。

其實我並非那對夫婦的兒子，我只是吃掉兒子遺體後假扮成他的妖怪。

但那對夫婦以為我是他們真正的兒子，對我疼愛有加，妹妹也把我當成真正的哥哥來敬愛。

但是，我只是靠欺騙他們，一直賴在這裡而已。

只是沉浸在虛假的家庭溫暖裡而已。

不知不覺中，那個家成為了我最重要的「容身之處」。

可惜不管我再渴望，也無法變成人類。

沒辦法成為他們真正的家人。

「爸爸，媽媽……若葉。」

安靜到一根針落在地上都聽得見的大廳，果然沒有人在。

只有每天早上媽媽插好的花朵香氣飄盪在空氣中，還有爸爸喜歡的古典音樂悠揚流洩著。

我一間、一間客房檢查。每一間房裡都沒有人。

爸媽畢竟從事服務業，危機意識相當高，應該是避難通知一出來，他們就立刻疏散客人了吧。而爸媽和若葉肯定也在那時一起逃走了。

我早就知道，他們不會留在這裡。

但我還是需要親眼確認才能真正放下心，所以才趕來這裡。

之前，我曾對真紀和馨說過。

這一世我最重要的就是，家人。

當時，守護家人的平穩生活和幸福，就是對我來說最優先的事情。

但就算沒有我，他們一家人也能靠自己的判斷保護自己，好好活下去。

就算沒有我，他們一家人也完全沒問題。

果然……不該過來這裡的。

我明明應該去幫助更多人，去保護淺草的人類，還有裏淺草那些妖怪，卻忍不住以個人感情為優先，還是來了這裡。

走吧。

這裡已經不是我的容身之處了。

「哇啊啊啊！」

「！」

突然傳進耳裡的尖叫聲，讓我猛然抬起頭。

就在我正打算離開鶇館的時候——

「若葉……」

我立刻知道，那是若葉的聲音。

若葉還在鶇館裡嗎？

怎麼會？為什麼？為什麼……

「若葉！妳在哪裡！」

我呼喚她的名字，在旅館中四處搜尋。

這時我才注意到，原本棲息在鶇館的那些小妖怪們都不見人影。

避難通知只針對人類發出，照理說小妖怪們應該會留在這裡才是。

還是他們察覺到情況不對勁逃走了呢？

大家，到底在哪裡……？

「拔庫～～～」

再次傳進耳裡的聲音，令我驚呼出聲。

這次不是若葉的聲音，而是其他生物的叫聲。

那個叫聲我也曾聽過。

「……貘？」

吃夢境的妖怪，貘。

貘以前曾在我完全沒有發現的情況下，被若葉偷偷藏在這家旅館裡。

那件事成了導火線，促使若葉發現我的真實身分。

可是，我記得那隻貘應該早就不知去向了才對。

為什麼現在還會聽見那隻貘的叫……

「拔庫、拔庫～～」

又聽見了。

那種拚命的叫法簡直像在呼喚我一樣。

指引著我的方向，吸引我過去。

我循著貘的叫聲走到中庭。

那裡有一間半球形圓頂的陽光房，裡面是若葉平日用心照料的一排排植物。我和若葉以前經常在這裡喝茶。

但懷念之情在我看到中庭的陽光房那瞬間便徹底消失。

「咦……？」

充滿回憶的陽光房，被黑壓壓的飛蟲覆蓋住了。

那是黑點蟲。

從球形屋頂裡傳來若葉哭喊「救命，誰來救我」的聲音，以及「拔庫～」呼喚我的叫聲。

「難道若葉在裡面……」

我急著要打開陽光房的門，但及時想到要是黑點蟲跑進裡面，肯定會先攻擊靈力高的若葉。

「……散開。」

我用言靈的力量命令黑點蟲。

聲音平穩是平穩，但那一句話中蘊含的言靈威力卻過於強大，我注意到自己失去冷靜了。

原本聚集在陽光房門前的黑點蟲，暫時向一旁散開了。

既然言靈能發揮效果，就表示這些黑點蟲雖然是武器，也毫無疑問是生命體吧。

我迅速打開陽光房的門，走進去，再關上門。

言靈的效力勉強撐到我關上門那一刻，黑點蟲又再次覆蓋住門的周邊。

「……你是誰？」

背後傳來驚訝的聲音，我回過頭。

若葉抱著一群小妖怪蹲在那裡。

一雙眼牢牢注視著我，因驚嚇而流露出無措。

我和若葉對望彼此的眼睛。

她那句話背後代表的含意，令我沉吟片刻。

「若葉……難道，妳看得見我？」

那雙眼睛裡清楚倒映著身為妖怪的我。

照理說我現在是人類看不見的妖怪姿態才對。

但若葉似乎真的看著我，她看見我了。

為什麼？為什麼？

就算若葉擁有察覺妖怪氣息的能力，應該也不具備看見妖怪的「見鬼」能力才對。

「鵺大人～～」

我掩不住驚訝，而若葉懷中那些小妖怪含淚朝我奔來。

是以前住在鵺館空房間，我照顧過的那些妖怪。

「你們，可以向我說明現在什麼狀況嗎？」

「是、是～～」

那些小妖怪眼眶依然蓄著淚水，開始敘述。

若葉不忍心拋下留在鵺館的這群小妖怪，不顧正要逃離淺草的爸媽勸阻，自己跑回來了。

然後若葉的靈力引來了一大群黑點蟲，她只好一直躲在這間陽光房避免遭受攻擊。

但黑點蟲包圍了陽光房，她也沒辦法從這裡出去……

「這意思是，果然……」

我再次看向若葉。

若葉眨動雙眼，原本蓄在眼角的淚水滑了下來。

身體也在微微發抖。她看得見妖怪，就代表她也看得見那些黑點蟲了。她一定很害怕。

可若葉即使害怕，依然用纖細手臂抱住待在此地的那些小妖怪，想要保護他們。

自從我消失在這個家之後，若葉到底經歷了些什麼事？

「你……是……」

若葉依然是那副震驚的表情，看著我愣在原地。

我遲疑著，不曉得該回她什麼話才好。

好幾個月沒和若葉面對面說話了。

「我是名叫鵺的妖怪喔。」

「鵺？妖怪？和這些小傢伙一樣嗎？」

「對，我是來救妳的。」

「救我……？」

若葉想說話，張大了嘴，卻好似嗆到般神情痛苦地咳嗽。

「若葉……」

糟糕。

她可能吸進了少許黑點蟲的鱗粉了，臉色不太好。

「若葉，我們先逃出這裡。」

「可是那些小傢伙……咳咳，不能丟下他們不管……」

若葉又稍微咳了一陣子後抓住我。

那張難受的小臉，那隻顫抖的手，都在堅定地訴說。

她以前是會這樣堅定表達自己想法的人嗎？

「……沒問題，當然，大家一起逃走。」

我為了安撫若葉，伸手輕撫她的頭，試圖讓她平靜下來。

然後，抬頭看向正上方，陽光房的表面覆蓋著滿滿的黑點蟲。

不過現在必須設法突圍，離開這裡。

我拔下自己翅膀上的幾根羽毛，將那些羽毛朝屋頂射去。

破魔之矢。我的翅膀羽毛化作一道道光箭貫穿陽光房的屋頂，綻放出破魔光燒毀附近的黑點蟲，清出一條光的通道。

「走吧，若葉。」

我抱起若葉。貘窩在若葉的懷中，其他那些小妖怪則緊緊抓住我的和服下襬。

「哇！」

飛離地面的瞬間，若葉小聲驚呼，身體頓時緊繃。

飛出陽光房，在高空飛翔時，她不習慣無重力的飄浮感，緊張地挨向我。

好懷念，也有種感傷。

以前她總是理所當然地叫我「哥哥」，像這樣親密地待在我身旁，敬愛著我。

「散開。」

聚集在前方的一群黑點蟲散開來。

我的言靈只能暫時發揮作用，立刻又有其他黑點蟲集結成群，追著我們飛來。

針對人類創造出來的黑點蟲，眼中完全沒有我這個妖怪，卻固執地緊追若葉不放。

若葉雖是人類卻靈力很高。

多半是設定成要率先攻擊這類人類吧。

黑點蟲是為此創造出來的武器，為此而活的妖怪。

「我知道。」

懷中的若葉輕聲說。

她臉色蒼白，語氣卻很堅定。

「我以前也曾經像這樣飛在空中，被你抱著。」

「……若葉。」

她的話讓我不禁冒了冷汗。

內心慢慢焦急起來。

「妳不能再說話了，用手摀住嘴。妳要是開口，可能會吸進黑點蟲的鱗粉。」

現在最重要的是，必須先讓若葉離開淺草。

這是此刻的當務之急，我不斷擺脫那些頻頻襲來的黑點蟲，一直向前飛去。

若葉照我說的不再講話，安靜地摀著嘴。

「我們到注連繩的外面了，已經沒事了。好，妳可以大口呼吸了。」

若葉大大吸了一口氣。

只要出了注連繩的範圍，黑點蟲就會被三層結界擋在裡面。

但人類被下令禁止進入的範圍外頭，場面也十分混亂。掛心裡面情況的人，連絡不上住在淺草的親友而擔憂的人，大批聚集在此。

這種混亂很容易引發爭端，導致有人受傷及二次災害。

我實在不放心把若葉丟在這種環境，但我又必須立刻趕回淺草。

「妳爸媽一定也在這附近。妳回想一下他們有沒有說要去哪裡，趕快去找他們。」

我對若葉這麼說。

然後，把那些小妖怪交給若葉，囑咐她要是遇上什麼事，就去找淺草地下街妖怪工會的人。

那些小妖怪應該知道怎麼做。

「你要去哪裡？你不會要回去吧？」

若葉緊抓住我衣服的下襬，一臉擔憂。

「……對，雖然不曉得我去能有什麼貢獻，但大家都賭命在戰鬥，或許我有機會幫上忙。」

我隱約有種不好的預感。

我覺得自己必須立刻離開若葉。

其實我很想一直陪在她身邊，但我很清楚再繼續待下去，對若葉並不是好事。
若葉和以前不同，她變成能看得見妖怪了。
那或許會促使她想起我曾是她哥哥的記憶。
要是她想起了去年年底發生的那件事，肯定會很自責吧。
說不定會承受不住悲傷而崩潰。
我就是怕這樣，才一直極力避免接觸她。
盡可能躲得遠遠的，離開若葉的視線範圍，離開她有興趣的領域……
我拉開若葉抓住我的手，轉身背對她。
沒錯，這樣就好。
這樣平淡地分開就好。
她不需要想起任何有關我的事。
「等等！」
若葉大喊。
我不打算回頭，也沒有要等待，直接伸展翅膀。

「你等等。哥哥！」

但就在我要飛起的瞬間，那個聲音，那句話，讓我渾身一震，無法動彈。

若葉剛剛說了什麼？

她是不是叫了我「哥哥」？

「我沒有忘記喔，沒有忘記喔……哥哥。」

若葉拚命朝我的背影大喊。

「你真正的名字是『鵺』，但以前你是我哥哥的時候，叫作『繼見由理彥』。對吧？哥哥！」

「……若葉！」

我明明下定決心不再回頭，卻還是轉過身。

若葉哭了，大顆淚珠不斷滾落。

但她此刻的眼淚，和我以前見過的都不同。

和從前若葉害怕看不見的東西，緊抱著我無助啜泣時的眼淚，不同。

她雖然在哭，但那雙眼裡蘊藏著堅定而熱烈的意志。

「我會去找你的。」

「……」

「你是誰？為什麼以前會是我哥哥？我什麼都不知道。為什麼事情會變成這樣？我真的什麼都不知道。哥哥的事，我一點都不曉得……所以，我會去好好了解你的。」

她有些語無倫次，但話中蘊含的情感都要滿溢而出了。她就是想要告訴我——

她會努力來理解我。

不是過去身為她哥哥的那個我，她想去了解的是，現在在她眼前，身為「妖怪」的這個我。

「你要逃也可以喔。但不管你去哪裡，哥哥，我都一定會把你找出來。」

若葉流露出成熟而堅定的眼神，注視著我。

原本那麼柔弱、膽小又文靜的少女，簡直像變成另一個人似地，坦蕩沉著地向眼前的我下戰帖。

啊啊，原來啊。

這一定才是真正的若葉。

若葉決不是柔弱、需要他人保護的存在。

不是想起有關我的記憶就會情緒崩潰的小女孩。

或許我至今都不曾了解真正的若葉其實有多堅強，一直以來都小看她了。

在這種緊急狀態下，我還是忍不住噗哧笑了出來。

在這種狀況下，到底是什麼讓我感到有趣，那麼開心呢？

面對她的宣戰，我用符合妖怪作風的眼神及口吻接下戰帖。

「那麼，妳就來試著抓住我吧。若葉。」

此刻我臉上的表情，是過去面對還是妹妹的若葉時，絕對不會展現出的邪魅又壞心的微笑吧。

正合我意。

再也沒有人能阻止若葉了。

「嗯，你等著。哥哥。」

若葉嫣然一笑，堅定點頭。

看見她的回應，我就直接別過頭，在她面前起飛。真的是毫不留情地按照妖怪作風，消失了蹤影。

但我心中連一絲寂寞或惋惜都沒有。

我很高興，內心嚇人地震動。

強烈的情感和感動以一種無可名狀的方式匯聚成一個漩渦。

我一直很害怕見到若葉。因為我怕，不希望若葉忘記自己，希望她記起自己的這個願望，會在內心萌芽。

因為我很清楚妖怪死心眼的個性，對於這份情感和容身之處的執著，一定會破壞若葉安穩的生活……

可是，若葉真了不起呢。

比起對於安穩的生活會崩壞的恐懼，她竟然更害怕忘記我。

若葉肯定會為了找到我，不惜各種努力吧。

在那個過程中，她或許必須捨棄安穩的生活，涉足我們妖怪的世界。

但無論我如何掙扎，已經沒有人可以阻止她了。

不要忘了我。

那是勿忘草的花語。

第一個看穿我真實的模樣，看穿我的心願的人，總是若葉。

妳現在要用自己那雙腳，那雙眼睛，朝靠近我和妖怪的「人生」邁出第一步。

〈裡章〉若葉，一直在找某個人

若葉。

已經不可怕了喔。

我夢見一個溫柔的聲音，有人，在呼喚我的名字。

「呼、呼……」

半夜中驚醒，回過神才發現自己在哭泣。

內心因一股深深的懷念而揪緊。

最近老是夢到同一個夢。

在那個夢裡，我被一個黑影追，很害怕，但有一個陌生的男生來迎接我，朝我伸出手。

沒事，已經不可怕了喔。

總是說這句話安慰我，年紀約莫是高中生的男生。

他是誰呢？那個溫柔的聲音總讓我感覺很熟悉。

自己好像一直在尋找那個男孩子。

在日常生活中忽然想起的片刻。

寂寞的時刻。

還有，甚至在夢裡……

但我卻一點印象也沒有，我身邊並沒有那樣的男生。

我有一個已經過世的哥哥，但哥哥過世時年紀還很小。

那麼，你是誰？

溫柔的聲音，柔軟的頭髮，溫暖的手心，我都記得很清楚，但就是臉完全想不起來。

在夢中，那個男生拉住我的手，帶我走出漆黑的隧道時，他總會在光明與黑暗的交界停下腳步。

然後，他會對我說「好了，去吧」，伸手指向光明那一側。

「你不到外面來嗎？」

我這樣問時，一直站在隧道陰影裡的男生會流露出帶著寂寞的笑容，

「我原本就屬於這一側。」這樣回答。

然後，伸出食指放到嘴巴上，輕聲低喃。

——不要忘了我。

夢境總是結束在這裡。下一刻，我就會哭著驚醒。

不要忘了我。

不要忘了，我。

那是勿忘草的花語。

是我最喜歡的花。我不但在陽光房用心種植，還曾做成押花，再拿押花做出看書時用的書籤。

咦？

但我為什麼會做那個書籤呢？

我記得是想送給誰當禮物才做的，但我完全想不起來自己是為誰而做。

那個人很愛看書。晴朗假日的午後，我們在陽光房喝茶的悠閒時光中，他老是讀著看起來很艱澀的書籍。

纖長的睫毛會投影出影子，那種垂眼的安靜神情，我很喜歡。

誰？你是誰？

我到底是忘記了誰？

我一直渴望想起來，但記憶的拼圖總是對不上。

無數感受堵在胸口。好想見他。

那個應該非常重要的男生——

「喂，繼見若葉。」

半夜因夢境心情紊亂，坐在床上哭個不停時，敞開的窗戶來了一個銀髮男人。

「凜。」

「……妳在哭呀？」

「沒事，沒問題。」

我抬起睡衣的袖子用力抹乾眼角。

「凜，你又帶小貘來了嗎？」

「對，他想來找妳，叫個不停。」

凜是我的祕密朋友。

他總是在半夜來訪，偶爾會帶小貘來找我。

凜說他不是人類，是稱作「妖怪」的存在。

小貘不安分地扭動身體，從凜的懷中跳出來，跳到我床上。向我撒嬌，不斷磨蹭。

「拔庫～」

凜說，這個長得像食蟻獸、不可思議的生物也是妖怪。

之前，小貘有次誤闖陽光房結果被關在裡面出不去，叫個不停。那個叫聲彷彿在呼喚我一樣，我慌忙趕去陽光房，見到了小貘。

小貘態度十分親近，就像我們並非第一次碰面似地。

凜找小貘一路找到陽光房，結果撞見我。我現在回想起凜當時慌張的表情還是會有點想笑……

凜好像從以前就知道我了。

而且他最驚訝的是，我看得見妖怪。

以前我只能模模糊糊察覺到一股氣息，但不知從何時起，他們就理所當然似地倒映在我的眼底了。

不知道為什麼，我完全不感到害怕。

關於這些並非人類的「妖怪」，凜每次過來時，都會告訴我一些相關的知識。

對了對了，凜是吸血鬼喔。

但他從來不曾吸我的血。

我和小貘在房間裡玩的時候，凜總是背倚著窗邊，用那張撲克臉注視著我們。

但他今天的樣子和平常好像不太一樣。

「凜，你今天不太有精神耶。發生什麼不好的事了嗎？」

「……」

凜臉上閃過驚異的神情。

但又立刻回復平常那張酷酷的表情。

「繼見若葉，妳已經習慣可以看到妖怪的日子了嗎？」

明顯在轉移話題。

肯定發生什麼事了，但凜幾乎從不曾提及自己的事。

因此我也沒有深入追問，轉而回答凜的問題。

「嗯。凜，你不是教我，要是遇到可怕的妖怪，只要避免和他對上目光就好了嗎？所以完全沒問題。住在淺草的妖怪大家基本上人都很好，都是些假扮人類討生活的妖怪。」

不過當初得知附近那家花店的老闆其實是妖怪時，我真的是大吃一驚就是了。

我這樣回答後，凜難得哼一聲笑了。

「鵺館裡也是從以前就有一些妖怪在吧。我過去雖然能感受到氣息，但直到前陣子都不知道那是什麼，不清楚真面目，一直很害怕……不過為什麼呢？自從看得見以後，我就完全不怕了，反而感覺像早就認識的老朋友一樣。」

那些小傢伙從我出生前就住在這間鵺館裡了，也一直在守護著我。是因為明白這一點的緣故嗎？

那些住在鵺館多年的小妖怪們正好在這時進我房間來。

「若葉～」

「來玩吧～」

這些小妖怪只要一知道小貘來了，就會像這樣聚過來一起玩耍。

他們確實不是人，也不是普通的動物。

但絕對不是壞孩子，大家都是非常善良的好孩子。

「畢竟這些傢伙很弱，也沒那種膽子加害人類。要是做了那種事，立刻就會被人類的退魔師和陰陽師制裁。」

「退魔師和……陰陽師？」

「就是那些驅趕妖怪的人。雖然最近保護妖怪好像也成了他們的工作項目之一。」

「那些人也看得見妖怪嗎？」

「當然，妳有興趣？」

「……我只是想到，原來除了我以外，還有其他人看得見。」

凜維持雙手交叉胸前的姿勢，稍作思考。

「其實妳……或許應該去認識一下這些人，向他們學習各種知識。我只能站在妖怪的立場思考事情，能教妳的東西很有限。」

他的口吻乍聽有點冷淡，但那句話不知怎地留在我的心中了。

我坐在床邊，雙手抱膝垂著頭。

然後，斷斷續續地說出至今不曾向任何人透露的心底話。

「……我，想找出那個人。」

「那個人？」

「我常常夢見一個男生。他應該對我很重要才對，我卻怎麼樣都想不起來。可是，我想要想起來。我想找出他來……我不想忘記。」

我想要擁有找出那個人的能力。

我想要具備理解那個人的知識。

現在的我根本做不到。

我該做些什麼才好呢？該去哪裡……？

「奪走妳記憶的傢伙，跟我是同類。」

「……咦？」

我抬起頭。

凜神情複雜地皺眉，側眼看著我。

「如果妳想知道，只要繼續追下去就好了。那傢伙肯定會逃跑吧。就算這樣，妳也不要感到失望，不要放棄，一直追下去。妳的潛在能力是稀有的，只要能繼續磨練那個力量，妳一定會追到那傢伙。」

「那傢伙……？凜，你認識那個人嗎？」

「嗯，他從以前就是一個沒有弱點，很難應付的傢伙。」

從以前……？以前，是多久以前？

我腦中充滿疑問，但凜說這些話時的尷尬表情讓我覺得有點奇怪。

「呵呵，不過，好。凜，既然你認識他，就代表那個男生是真實存在的囉？在這世界的某個地方。」

「……」

「果然是這樣。只要繼續追下去就好了，是吧？好，我知道了，我會努力。」

我悄悄握緊雙拳，內心鬥志昂揚。

我要找到那條路，絕對不逃避。

儘管我還不曉得自己該做些什麼，但我在心裡暗自發誓。

「……繼見若葉，那隻貘，可以先放妳這邊嗎？」

凜突然詢問，我疑惑地「咦」了一聲。

凜是什麼意思？好像是要把小貘留在這裡。

然後，凜從懷中掏出一張像是白色卡片的東西，夾在手指間朝我扔來。

卡片準確地在我眼前落地，上面寫著一串電話號碼。

陰陽局晴空塔分部，青桐……誰啊？

「之後要是發生什麼事，妳就打電話去這裡。那裡有一群人能了解妳的能力，他們會教導妳如何實現妳的願望……還有，明天妳盡量逃離淺草，愈遠愈好。這裡也不曉得會變成什麼樣。」

「什麼意思？明天，會發生什麼事嗎？」

原本低頭看卡片的我抬起頭。心中的一抹不安驅使著我。

「凜？」

「……我也不曉得接下來會發生什麼。所以，那隻貘就先交給妳了。他肯定會成為妳的好夥伴，也會引導妳的夢……讓妳想起那傢伙才對。」

凜轉身背對我。

「抱歉，繼見若葉。」

他的語氣帶著幾分歉疚，不知為什麼他突然向我道歉。

他直接從窗戶向外縱身一躍。

「等、等一下！」

我慌忙跑到窗邊向外看時，已不見凜的身影了。

「拔庫～～～」

小貘露出寂寞的神情，不安地叫。

他是不是以為自己被主人拋下了呢？

「凜走了耶，不過沒關係，我會一直陪在你身邊喔。」

我緊緊抱住小貘，再一次躺回床上。

朝那些小妖怪道「晚安」，他們點個頭，就回各自住的房間去了。

才呼吸了幾次，我就驚人迅速地睡著了。

在很沉、很沉的睡眠中，又作了夢。

這次是一個太過鮮明，很長的夢……

「……」

隔天早上醒來時，我果然又哭了。

淚水一顆顆從睜大的雙眼中無聲滑下，在薄被上滴出一圈圈淚痕。

但今天早上和平常不同。

眼前的景物因為淚水而扭曲模糊，但腦中極為清醒，彷彿濃霧終於散去。

勿忘草、奧菲莉亞、吃夢、書籤、白色的鳥、謊言、真實、謊言……

最後一片拼圖對上了。

那個男生的臉，終於，我能清晰地想起來了。

啊啊……

我，為什麼會忘記呢？

這麼重要的事。

那麼重要的人。

——鵺。

那就是「哥哥」真正的名字對吧。

第八章

晴明與葛葉（一）

世界系——

那是包含了這個現世，靈魂不斷在其中各個世界循環的巨大系統。

負責掌管這個世界系的眾神居住的世界，稱為高天原。

好人的靈魂死後會去的是，黃泉。

由人類主宰的，現世。

由妖怪主宰的，隱世。

人類和妖怪的力量不分軒輊，雙方長年搶奪霸主地位的，常世。

惡人的靈魂死後會掉進的則是，地獄。

我們所在的世界系，按照這個順序由「六個世界」所組成。

而我們九尾狐的故鄉常世，在生者的世界中位置是最接近地獄的。

在常世，妖怪或怪物統稱為「妖魔」。

妖魔和現世的妖怪稍有不同，被定義為具有思考能力的非人生物。由於常世的人類擁有見鬼之才是理所當然的事，妖魔便是大家都看得見的存在。

或許正因為彼此清楚其他種族的存在，紛爭、衝突就在所難免了。

原本常世妖魔那一方的王是鬼。

侍奉鬼王的則是狐以及犬。

妖魔在鬼統治下，雖然曾和人類有過幾場戰爭，但常世還算安穩。

要是鬼繼續當王，或許能成功和人類建立起和平的管道，今天常世就不至於淪為如此絕望的世界了吧……

有一天，常世的鬼王說了。

他要迎娶人類國家的公主，和人類的國家和解。

許多妖魔都因即將與人類和解而欣喜，但與此同時，也有一些妖魔因為曾被人類奪走容身之處，重要的人慘遭殺害，他們很反對這項決定。

在妖魔中力量僅次於鬼的九尾狐一族也是反對派。

原因在於九尾狐過去的歷史。他們原本擁有自己的國度，卻遭到人類攻破，進行大屠殺，整個國度都被奪走。

但鬼王不願改變心意，仍是迎娶了人類的公主。

鬼王深愛人類公主，兩人生下孩子。

然而有一群九尾狐不願意接受混雜了人類血統的那孩子是下任君主，暗地裡策劃政變。

政變主謀是九尾狐一族的領導者，他有個名叫水屑的孫女。

水屑聰明美麗，積極討好鬼王及王妃，博得了他們的信任，背地裡卻奉命要暗殺鬼王。

水屑遵從命令殺害了鬼王及王妃。

而水屑也因為自己的母親早年被人類殺害，對人類恨之入骨。

或許從那時起，水屑就已踏上了沒有退路的修羅之道。

至於繼承了鬼王及王妃血統的王子，有兩個人為了保全王子的性命，帶著他逃走了。

這兩個人也是九尾狐。

名字叫作晴明和葛葉，是一對夫婦，同為直屬鬼王的「異界研究室」的研究員。

晴明和葛葉一直在研究「世界系」，很熟悉異界轉移的方法，因此立刻就飛到了「現世」。

發揮擅長的易容術假扮成人類，融入人類的社會，將繼承鬼王和人類血統的王子撫養長大。

現世和常世不同，當時是個還在發展初期的世界，文明程度也遠遠不及常世。

他們甩掉九尾狐的追兵，橫越形形色色的國家，最終來到了東方島國。

晴明和葛葉在那裡守著只有人類壽命的王子度過一生，只願王子的子孫開枝散葉，竭盡心力燒掉了第一條命。

那是至今不曾有人知曉的，常世九尾狐的故事。

而從今以後也一樣，除了我們以外，其他人都不得而知。

〇

「這並非這個世上的存有……」

我旁邊，式神葛葉一邊走一邊哼歌。

她平常都以金色狐狸的姿態活動，只有此刻保持著人類外貌，和我一起降落到裏淺草的深處。

「擁有鬼因子的子孫將這份血統流傳下去，結果導致後來在現世也出現了『鬼』。擁有鬼因子的人在受到重大壓力或衝擊時，就有可能變成鬼。就像那對鬼夫婦一樣……」

「……」

「晴明，我們錯了嗎？」

葛葉對於我們把「鬼」這種生物帶進現世的結果，似乎有些後悔，但又似乎並非如此。

面對她的問題，我坦白回答：

「如果水屑想要奪取現世，能阻止她的還是只有鬼。九尾狐把鬼驅趕到現世，結果造成現在要侵略現世的阻礙。」

鬼王死後，常世裡人類及妖魔的戰爭愈加白熱化。

雙方創造出的破壞性及殺戮性武器，讓常世的大地滿目瘡痍，從地獄飄上來的汙濁邪氣，造成大半土地都無法再讓生物安心居住。

九尾狐是極為神聖的生物，比人類更加耐不住地獄的邪氣，常世適合居住的地方已變得很少了。

就算有九條命，在常世也沒有意義，只要一接觸到邪氣就會白白浪費一條命。

九尾狐沒辦法發揮實力，連帶導致妖魔方在面對人類時處於極端劣勢。

能夠承受住地獄邪氣的，只有鬼。

這一點看地獄的獄卒也能曉得。

如果在這個時代，君臨妖魔頂點的仍是鬼王，就不會被人類壓著打，也不用畏懼邪氣了吧。

水屑也很清楚這一點。

自己殺了鬼王，招致常世的滅亡。

正因如此，她對「鬼的王」異常執著。

「對了，現世有『人魚公主』這個故事吧。」

葛葉突然提起現世出名的童話故事。

「人魚公主愛上人類的王子。甚至把自己優美的聲音賣給魔女，終於如願成為人類，然而最後王子卻沒有愛上人魚公主，而是和人類的公主結為連理。因此，其他人魚要求人魚公主去殺害王子，告訴她只要這麼做，她就能回復原本人魚的模樣……」

但人魚公主沒辦法殺害王子。

對於愛上其他女人的王子，照理說人魚公主心中應該懷有憎恨和悲傷，但她仍舊沒有對王子下手，獨自化為海中的泡沫消失了。

「如果那時候，人魚公主殺害了王子和王子妃，她會變成怎麼樣呢？」

葛葉淡淡地說出自己的推測。

「要是殺了他們，人魚公主也會和水屑……和姊姊步上同樣的命運吧。」

「……」

她在這種情勢之中提起「人魚公主」的故事，是有理由的。

因為這正是水屑的原點。

「既然如此，就必須在這裡做個了斷。以前就是因為我們一直逃避面對水屑，事情才會落到今天這種地步。」

「你說的對，晴明，我想要讓姊姊解脫。」

葛葉是水屑的妹妹。

在九尾狐一族中貴為公主的姊妹。

不過這對姊妹各自選擇了不同的道路。

「姊姊似乎是孤注一擲了，放出珍貴的『黑點蟲』就顯示了這一點。另一方面，就我看來，姊姊似乎想死。」

「既然是妳這麼說，那就八九不離十了吧。」

我和葛葉在過去曾是一對九尾狐夫婦。

無論經歷多少次轉世，我們都一直在彼此身旁。

儘管在反覆投胎的過程中，每次的關係都會稍有不同，但我們總是互相扶持，維繫著這份深厚的情感。

沒錯，就像那對既青蜑又是老夫老妻的鬼夫婦一樣。

「少講得一副你很懂的樣子喵～」

我們走在裏淺草深處的老舊通道時，一股恨不得咬死我們的猛烈殺氣從前方襲來。

那股殺氣的另一頭，腳下叩囉叩囉地踩著高底木屐朝這裡走近的是，穿著短下襬和服，個子嬌小的貓耳女。

「金華貓……」

她是水屑的親信，金華貓。

在陰陽局的妖怪分級中名列S級。

那雙銳利的貓眼狠狠瞪著我們，目光帶著獸性。

金華貓的背後有一扇門，看來她正在保衛那裡。

原來如此，這裡就是裏淺草的最深處……嗎？

水屑肯定就在金華貓守著的這扇門後。

「你們這些叛徒，根本不懂水屑大人。」

從她的聲音可以聽出對我們深深的憤怒，以及對水屑絕對的信賴。

「金華貓，妳果然是常世的妖魔呀。」

「喵哈哈，沒錯沒錯，安倍晴明。不，應該稱呼你晴明大人比較對嗎喵～？」

「……都可以，沒有差別。」

「喵哈哈，的確！」

是哪裡好笑呢？金華貓捧腹笑個不停。

「不過話說回來，晴明大人。淺草現在正籠罩在黑點蟲之下，人類苦不堪言，你卻依舊一副氣定神閒的樣子，真是胸有成足啊喵。黑點蟲，是你過去在常世創造出來的吧？」

「……」

「話說得再好聽，你心裡其實還是認為，人類變成怎樣都無所謂吧？」

金華貓故意誇張地歪頭，在這片黑暗中，她的雙眼閃動著妖魅的光芒。

「你原本是常世的九尾狐，就算有這種想法也不奇怪。人類這種族類，對我們來說原本就是仇敵……沒錯吧？晴明大人。」

我沒有回話。

金華貓向沉默的我「哈」了一聲，抬高音量。

「水屑大人和你不同，她絕對不會拋棄常世的那些妖怪。就像她過去在腐敗大地的正中央，救了受到汙濁邪氣侵蝕，肚子都破了，身體正在融化的小金華一樣。」

「妳……」

金華貓的目光接著移向我身旁的葛葉。

「小金華也不會背叛水屑大人。跟把所有骯髒事全推給水屑大人，身為她親妹妹卻背叛水屑大人的這隻女狐不一樣喵。」

考量到金華貓和水屑之間的關係，就能理解金華貓為什麼要針對葛葉。

她把水屑當作姊姊一般崇拜，卻並非她真正的妹妹。

「金華貓，我知道妳想說什麼。」

葛葉露出好似理解金華貓的憂傷神情。

「可惜我和姊姊的理念不同。出於對王和王妃的忠誠，以及對丈夫的愛，我也只好背叛姊姊。」

「什麼？妳的意思是，比起妖魔的未來跟自己的親姊姊，妳選擇了一個男人嗎？喵，妳還真是膚淺喵～」

金華貓把小指伸進貓耳中，隨自己喜好扭曲別人的意思。

葛葉沒把她的反應放在心上，神態優雅地曉以大義。

「鬼夫婦的愛很珍貴，狐夫婦的愛也一樣。話說回來，做出錯誤選擇的原本就是姊姊，因為姊姊的舉動，才導致九尾狐和常世瀕臨滅亡的命運。」

「……就是因為清楚這一點，水屑大人才會這麼拚命！」

金華貓的聲音隨情緒高漲而激動起來。

葛葉是故意踩金華貓的地雷。

「妳的意思是全都怪水屑大人不對嗎！讓她去暗殺鬼王的，不是其他的九尾狐嗎！那為什麼妳們不阻止那些九尾狐呢！開什麼玩笑……」

金華貓指著我們大吼。

一遍又一遍，朝我們怒吼「開什麼玩笑」。

過於激動的反應顯露出她此刻內心的壓力有多巨大，可見水屑和常世那些妖魔已經走投無路了。

「妳現在還說這些話，又能改變什麼？一切都太遲了。」

葛葉厲聲喊停。

根本沒有我說話的餘地，互有過節的女性吵起架來還真嚇人。

「夠了夠了，真的夠了！」

金華貓的聲音近似慘叫，她雙手抱頭，一直搖頭。

「水屑大人只要有金華在就夠了！就算妳們站在現世的人類那邊，金華也會永遠支持水屑大人喵！」

金華貓在臉前方交叉手指。

「狹間結界！」

她施展了妖怪特有的結界術。

周圍頓時充滿強烈的妖氣，瀰漫在霧氣之中。

霧氣消失後，周遭景色也改變了，場景像是聚集了無數野貓的廢棄小巷子。

這就是金華貓的狹間結界術呀。

在這個空間中，金華貓似乎會用幻術創造出許多分身，將敵人玩弄於股掌之間。

「狹間結界『金華貓舞台』！流浪貓版喵～」

「啊啊，今天是我們流浪貓的舞會。」

「今晚，要獻祭的流浪貓們。」

「砰地一聲炸開，在幸福的國度重生。」

金華貓像是舞台劇腔的聲音從四面八方交錯傳來。

黑暗中，無數雙睜圓的貓眼盯著我們，給我們一種詭譎的心理壓力。

「喵哈哈，妳們猜不到哪隻才是真正的金華貓。」

「是說，妳們知道真正的金華貓在哪時……」

「也沒有意義了喵！」

周遭空氣的溫度忽然急遽上升。

眾多貓咪從寂寥街道兩旁的建築物空隙紛紛跳出來，撲向我和葛葉。

那瞬間，貓咪的身體如氣球般膨脹，鮮紅色的熱量蓄積在腹部，引發了巨大的爆炸。幾乎要震垮這個狹間結界的劇烈爆炸。

「晴明！葛葉！去死！喵哈哈，咪嗚哈哈哈哈哈哈！」

真正的金華貓依然藏身黑暗中，高亢大笑。

我原以為只是做出分身的幻術，但事實並非如此。這些都是活生生的貓。

常世……為戰爭開發出的爆炸武器，一群真正的金華貓。

「原來如此，所以才說流浪貓版嗎……」

「！」

爆炸引發的衝擊波慢慢平息後，在黑煙的另一頭，浮現了五芒星的亮光。

背後顯現著五芒星，手結刀印擺在嘴前，我毫髮無傷地佇立著。

「咦……？」

金華貓帶著怯意的聲音響起。

「你為什麼還活著！在這麼大的爆炸中！」

「妳問為什麼？呵呵，因為式神葛葉守護了我的主人。」

葛葉輕飄飄地浮在半空中，抱住我的脖子，瞇起眼優雅一笑，再將那張笑臉挨近我面無表情的臉。

葛葉在九次轉世的過程中獲得了神格，能賦予他人力量強大的加護，足以擋下區區一介妖怪製造出的爆炸。

「怎麼會，常世的妖魔居然會獲得神格……怎麼可能……」

相對於金華貓艱難擠出的聲音，葛葉威風凜凜地回應。

「妳以為我丈夫是誰？他可是大陰陽師安倍晴明。」

呃，我現在不是耶……

但就連這樣吐嘈的空檔都沒有，金華貓已發動下一波攻勢，在我們頭上和腳邊引發爆炸。

儘管她心裡清楚，這些小動作在葛葉的加護前面根本毫無意義，但她仍舊無法停止攻擊。可悲的生物。在爆炸帶來的濃煙另一頭，手持小刀，直直朝這裡衝過來的一個少女身影映入眼底。

我明白後果，但我依然用雙手變換了幾個不同的結印。

「……原諒我，金華貓。」

我闔上眼，念誦。

「oṃ ·emaya ·svāhā……namaḥ samanta-buddhānāṃ yamāya svāhā……oṃ ·emaya ·svāhā……namaḥ samanta-buddhānāṃ yamāya svāhā……」

我背後浮現五芒星，五個尖端亮起灼熱的火焰。

我反覆唱誦焰摩天的「真言」。

換句話說，這是向閻羅王借用一部分地獄業火的陰陽術。我因為和閻羅王的契約，擁有操縱地獄業火的權利。

這也是區區一個上級獄卒沒辦法使用的，閻魔天代行術。

金華貓也發現了這些火焰中含有的地獄邪氣，流露出恐懼之色。

她依然持刀對準我，但臉上的表情卻像是一隻動物看見了世界上最恐怖的事物。

對於常世的妖怪來說，沒有任何東西比地獄的氣息更為恐怖。因為他們常年受那種邪氣折磨。

所以我剛才才會說，原諒我。

「急急如律令。」

五芒星尖端亮起的五盞火焰，團團包圍住已逼近我眼前的金華貓。

「唔哇啊啊啊啊啊啊啊啊！」

她的慘叫聲幾乎要震破耳膜。

「你好樣的，晴明！你、你……竟然打算用地獄之火殺我！」

這也是葬送了大魔緣茨木童子的火焰。
昇華，洗滌，用地獄業火燒盡一切。
金華貓在火焰中。
「……水屑……大人……」
她舉起燒焦的手臂，高高伸向無一物的虛空。
「拜託……給我們……安居之地……水屑大人。」

漆黑的殘影，從指尖開始化成灰燼逐漸散落。
一個渴望容身之處的妖怪化成的可悲灰燼，愈堆愈高。
我和葛葉都不曾別開視線，目送金華貓一程。
雖然她過去百般阻撓，是個惹人厭的小姑娘，但金華貓對姊姊的敬愛是真實純粹的……
葛葉在我旁邊輕聲說出這句話。
我甚至心想，幸好那女人身邊也有金華貓這種夥伴在。

第九章

晴明與葛葉（二）

殺了金華貓。她的靈魂墜落進地獄，今後要好好贖罪，等待轉世的時機到來。

不過，還有另一隻必須送去地獄的妖魔。

我和葛葉跨過金華貓化成的灰燼，站在她方才努力保護的那扇門前。一道沉沉鎖上的鐵門。

這裡就是裏淺草的最深部——

傾瀉而出的凶惡妖氣是我也很熟悉的。

我毫無猶豫地打開那扇門。

映入眼簾的寬廣空間，卻令我和葛葉驚異莫名。

至今我仍記得一清二楚、燦爛奪目的玉座之間，就在眼前。

「水屑。」

坐在玉座上，抱著酒吞童子首級睡著的，一隻女狐。

她似乎聽見了我們的叫喚，眼皮緩緩睜開，醒了過來。

剛醒來那一瞬間水屑純真無邪的表情，讓我們憶起了許久以前那令人懷念卻再難重拾的時光。

「哎呀……好久不見，前同胞晴明。還有，我可恨的妹妹葛葉。」

水屑一注意到我們，就擺出平常那張討人厭的笑容。

「常世的九尾狐居然在現世湊齊了三隻，真叫人高興呢。」

接著，她把酒吞童子的首級擺在玉座上，站起身。

她優雅地伸出雙臂，環顧這個光燦奪目的玉座之間。

「很令人懷念吧，這裡是我們『天津國』的玉座之間。過去鬼王就坐在這個玉座上，我們九尾狐朝他跪拜、低頭、宣誓效忠……特別我們三個，跟鬼王格外親近，是地位極為特殊的九尾狐呢。」

那是好久好久以前的事了。

我們還身在名為常世的異界，作為九尾狐生活的那段日子。

「妳殺害了鬼王和王妃後，那段時光也就隨之結束了。」

「……都是因為鬼王愛上了人類女子。」

簡直像美好回憶被潑了冷水，水屑的神情轉為冷淡。

我劈頭就問出自己最在意的一件事。

「事到如今妳搶酒吞童子的首級是想做什麼？」

「做什麼？想讓酒吞童子大人復活，讓他在這裡建立一個新的國度，成為鬼王大人。啊，不過就是換個頭，這種事太簡單了。」

「……妳，真的是瘋了。」

水屑滿意地瞇起眼睛。

「彼此彼此吧，晴明。我們用盡了九條命，才終於找出答案。妖魔的王果然必須是鬼才行。」

「……」

我環顧這個玉座之間，想確定是否還有其他傢伙在。

「其他九尾狐沒有來嗎？」

「在確保現世是安全的之前，他們都不會過來。他們怕人類的世界根本怕得要死，真的，都是些膽小鬼，完全沒有妖魔之王的氣度。」

「……」

「在常世流離失所沒地方住而受苦的，主要都是底層的那些妖魔。九尾狐那些傢伙一直躲在強力的結界中不出來。」

我警戒地觀察水屑的一舉一動、一言一行。

身旁的葛葉抬頭望著自己的姊姊一語不發，只是皺起眉頭。

「晴明，葛葉，黑點蟲是從你們的研究中催生出的產物對吧？」

「……嗯，黑點蟲的原型，是能自由來去世界系中的六個世界，稱為『妖星蟲』，體型極小的飛蟲妖魔。他們能啃蝕空間，做出小型蟲洞，因此我們開始思考，說不定能利用他們的特性開發出異界轉移的方法。」

那是好久、好久以前的事了。

我和葛葉還是最初的模樣，以研究者的身分侍奉著鬼王。

在古代大家就知道有異界的存在，但前往異界的方法卻非常受限。

因此為了創造出可以自由來去異界的「蟲洞」，我們潛心研究妖星蟲，在過程中創造出了「黑點蟲」。

「你現在心情如何？自己創造出來的東西，正在迫害現世的人們。」

沒錯，發明出那個專門對付人類的武器的，正是我們。

妖星蟲平時都飲用清澈的水，收翅休息，但只要改變生長環境及飲用水，他們撒落的鱗粉性質就會隨之產生變化。

我們針對這項特性進行過各式各樣的實驗，在重新組合影響妖力的各項條件後，從妖星蟲研發出名為「黑點蟲」這種能傷害人類的妖魔武器。

「黑點蟲啃破了常世人類用來守護國家的結界，利用含有毒妖氣的鱗粉殺了大量人類。但那也是不得已的吧。畢竟人類也會對妖怪使用殘酷的武器……神便鬼毒酒就是其中一種。」

水屑從袖中掏出裝著「神便鬼毒酒」的小酒瓶。

這是一種能暫時封印妖魔能力的酒。常世的人類發明這種制衡妖魔的武器，曾帶給妖魔方巨大的絕望。

這也是在千年前的現世，水屑贈送給大江山的妖怪，用以奪走他們靈力的東西。

我早就知道水屑透過某種方法得到這種酒，現在仍隨時帶在身上。

不過看來已經所剩不多了……大概還剩一人份左右吧。

「妳現在拿這種東西出來，是要做什麼？」

「哎呀，你聽我說啊，晴明。」

水屑甜甜一笑，手指輕撫瓶身。

彷彿十分憐愛似地，也彷彿懷著憎恨似地。

「我小時候還是一個天真無邪的少女時，人類侵略了九尾狐的國度。」

接著，開口述說起遙遠的過去。

「當時，被迫喝下神便鬼毒酒的九尾狐女王，也就是我媽媽，首級被人類砍下了。晴明，你也曉得，對吧？我當時用雙手遮住了妹妹葛葉的眼睛，但媽媽首級落地的畫面，卻深深烙印在我眼底。」

「……啊，當然。我記得。」

喝下神便鬼毒酒，在靈力遭到封印的狀態下被砍掉首級的九尾狐，會在失去當下那條命後就真正死亡。

九尾狐的國度會被人類滅亡，是因為人類當時才剛剛成功開發出封印妖怪靈力的神便鬼毒酒，這項武器是第一次在戰場上亮相。

簡單來說，就是九尾狐對這種酒一無所知。

那些人類欺騙神聖的九尾狐，獻上這種酒，然後，把一大批失去反擊能力的九尾狐抓起來加以虐殺，搶走我們的國家。

我當然記得，怎麼可能忘記。

畢竟我當時奉命盡力保護兩位九尾狐公主。

我是女王親信的兒子，水屑和葛葉被託付給我，我們悄悄躲在城中的密室。

年幼的葛葉被姊姊蒙住眼，但水屑自己則不曾別開目光，直直望著自己母親的首級落地。

儘管眼淚流個不停，她依然緊緊盯著，彷彿要把這件事刻進腦海。

沒錯，一切簡直就是那個狹間之國的翻版。

就像親眼看見深愛之人首級落地的茨姬一樣。

水屑把自己親身經歷過的悲劇，原封不動地搬到現世的狹間之國上演。

所以水屑很恐怖。

所以水屑，很恐怖。

「九尾狐的首級在人類手中被斬落時，我就向無法再開口的媽媽發誓。未來無論發生任何事，我都不會放棄。就算要把自己這九條命燃燒殆盡，我也一定要從人類手中把國家拿回來。一定，要為此刻的悔恨報仇……」

片刻安靜後，水屑垂下目光。

「可是，事情怎麼會變成那樣呢？我一直深信的鬼王大人，別說是消滅人類了，偏偏愛上我視為仇敵的人類的女子，還決定要和人類的國家談和。背棄了小時候和我約好一定會為我報仇，奪回九尾狐國度的承諾。」

她的聲音愈來愈低，滲出了怨恨的情緒。

「我不能原諒，失去了與人類戰鬥之心的鬼王……」

沒錯，這正是埋藏在水屑所有行動背後的動機。

她的原點。

在九尾狐失去了自己國家之後，鬼王的國度敞開大門接納了我們，給我們容身之處。相對地，九尾狐也貢獻自己的智慧及知識，為鬼王效力。因為我們相信鬼王會為我們打倒人類。

其中又以水屑特別醉心於鬼王。

直接救了水屑和葛葉的就是鬼王，鬼王也曾向兩位公主發過誓。

我一定會為妳們報仇。

那個「承諾」對親眼看見母親首級落地的水屑而言，不曉得是多大的救贖。想必是一路撐著她活下去的希望吧。

後來，水屑對鬼王萌生愛慕之情。水屑當時的心情，我也並非不知情。

然而鬼王卻偏偏愛上了她最恨的人類的女子，娶她為妃。

還希望和人類和平共處。

水屑之所以動手暗殺鬼王，絕對不是單純因為其他九尾狐的命令而已。

是因為她無法原諒。

因為她無法原諒背棄重要的「承諾」，愛上人類公主的鬼王。

戀慕之情真恐怖。

原本憑水屑的聰明才智，絕不可能去殺害鬼王，但無法饒恕的情緒，回報無望的愛戀，將她逼入瘋狂的境地。

葛葉剛才舉人魚公主的童話故事作為例子，水屑就如同選擇殺害心愛之人的人魚公主。

而鬼王的離世，也導致常世無法拯救的結局。

「……啊啊……金華……」

看向門外地上那堆灰燼，水屑的眼神充滿悲戚。

又把神便鬼毒酒的酒瓶收進袖子深處。

「哎呀哎呀，真可憐，我可愛的金華貓變成一堆灰了。」

她穿過我們，沒有一絲猶豫地走向那堆宛如小山的灰燼，伸手輕觸。

「妳在我每次轉世時都當我的母體呢。既像我的妹妹，又像我的媽媽。」

她張開雙臂，抱緊那座灰燼小山。

「辛苦妳了。我一定會完成一個安居之所，讓妳的魂魄有家可歸。」

水屑流出一滴淚，沾濕了金華貓的遺灰。

水屑的身影開始晃動。

她靈力的波動十分不穩定。

我很清楚這個現象代表什麼。

「……妳，打算化成惡妖嗎？」

水屑無聲地回過頭，沾滿灰的臉龐轉向我們。

她不帶一絲情感地笑著。臉上明明笑著，卻在哭。

一點一滴，她的憎恨確實地侵蝕著她的身體、她的心。

「沒錯，晴明。我的恨，要透過失去唯一能信賴的夥伴金華貓來完成。她就是為了現在這一刻才死的。」

惡妖化。

那是由於陰陽逆轉而引發，只會出現在妖怪身上的特有現象。

和茨姬化為大魔緣茨木童子，靈力值往上跳了好幾階的現象相同。

至今為止水屑都沒有惡妖化，是因為那是一把雙面刃。

不過，水屑即使只剩這最後一條命，依然渴望為長年的「悔恨」復仇。

她的身體一寸寸變成黑色，宛如墨汁逐漸滲進去、染透一樣，逐漸轉為漆黑。

就連肌膚，還有眼白的柔軟部分也是。

顏色產生反轉，黑髮轉白，眼瞳則閃出銀色的光澤。

原本只剩一條的尾巴在發出令人不適的聲音後，裂成無數條又細又長，尖端扭曲的黑鞭。

額頭上的殺生石裂開，噴灑出飄盪著腐臭味的鮮血。

那副模樣誠然是這個世界的大魔緣。

大魔緣玉藻前，日後陰陽局的紀錄想必會這麼寫吧。

「姊姊！夠了，妳快住手！」

葛葉第一次向水屑開口。

她朝已化為惡妖的水屑跑去，果決地奔進水屑的懷中。

水屑的眼睛驀地睜大。

「……葛葉。」

「夠了，妳住手，姊姊，我以前也一直憎恨殺害媽媽的人類。晴明也是。正因如此，我們才會一起發明了黑點蟲……」

但我們這批九尾狐，對鬼王的忠誠勝過了那份憎恨。

我們認為鬼王的理想才是最重要的。

建立一個無論強弱，凡是妖怪都能安心生活的「安居之所」，正是他最看重的理想。

但鬼王意識到了。

如果妖魔和人類繼續對立，一定會害常世步向終結。

那也是當年在研究異界的過程中得知地底會漏出邪氣後，鬼王所領悟到的事。自然，我和葛葉也預見了相同的未來。

鬼王正是因為考慮到未來，才決定要走向和人類和平共處的道路。

就算再憎恨彼此，殺伐爭鬥，戰到只剩最後一兵一卒，只要建設和平世界不可或缺的大地毀滅了，不管人類或妖魔都活不下去。在無法居住的大地上，是不可能會有安居之所的……

然而從結果來看，那項決定將一位九尾狐女性推進絕望深淵。

只要稍微設想水屑的心情，也就能充分理解她的絕望才對。

不過那份絕望會在未來創造出多麼恐怖的結果，當時的我們根本想像不到。

「姊姊……夠了，住手吧。不惜化為惡妖，也要把常世的戰爭帶到現世來，這種事妳就放棄吧。」

葛葉緊緊抱住自己的姊姊。

她不斷試圖說服已化作可悲存在的親姊姊。

「就算從現世的人類手中搶走容身之處……就算獲得一個徒具形式的國度，立一個鬼王，也回不到過往幸福的時光了。」

「……」

「時間不能重來，媽媽、葛葉、金華貓，還有妳深愛的鬼王，都不會回來。」

對水屑而言最幸福的時代。

就是對鬼王會替自己報仇這件事深信不疑的時代。

相信掌管大批妖魔的偉大鬼王會替自己討伐人類，懷抱著希望活下去的時代。

葛葉非常理解水屑一直想要回到那段過往。

「少囉嗦。背叛我的妹妹，妳的話誰要聽。根本沒用——妳去死吧。」

但水屑沒有接受葛葉的好意。

才一眨眼的工夫，水屑的手臂貫穿了葛葉的腹部。

葛葉的軀體上開了一個洞，從嘴巴和腹部流出鮮血，搖搖晃晃地向後退離水屑。

我從後方扶住葛葉，接著，像是抱住她似地膝蓋著地。

「這個……晴明……」

她手裡緊緊握住一個東西，抬頭望向我，用眼神說話。

那是原本收在水屑衣袖裡的「神便鬼毒酒」。

「……葛葉。」

葛葉自己也很清楚，要是水屑會因為自己的三言兩語就放棄，情況就不至於演變成這般無止盡的漫長戰役了。

但葛葉故意衝進水屑的懷中，裝作要說服她的樣子，偷來了一樣東西。

葛葉的意圖，我從她衝進水屑懷中的那一刻就明白了。

所以，我沒有阻止她。

「晴明，接下來交給你了。」

「啊啊……我明白。」

我們有必須賭命去完成的事。

那是身為常世九尾狐最後的使命，最後的算計。

我們倆絕不能讓過去自己發明出來的東西，危害到現在這個世界。

「我先……去另一個世界囉。」

「嗯，妳稍等我一下。我很快也會過去。」

我將神便鬼毒酒含在口中，吻上葛葉的唇，讓酒液流進她嘴裡。

葛葉微微笑了，手輕觸我臉頰，緩緩闔上眼。

她的手沒了力氣，宛如被人折斷的花梗直直垂下地面。

「……」

那道溫暖滑落。

我抱住葛葉的身軀站起身，看向已化作惡妖的水屑。

水屑邪惡的身影，臉上浮現出洋洋得意的笑容。

邪惡穢氣如羽衣般緩緩纏繞上她的身體，超乎尋常的強大靈力壓襲來，她打算殺了我。

「這並非這個世上的存有。」

但我只是穩穩站定，淡淡地開始唱誦。

我必須完成長年陪伴身旁的妻子留下的最後心願。

「堆一顆石頭是為了父親，堆兩顆石頭是為了母親……」

我繼續唱誦，懷中葛葉的身體被包裹在淡金色的光芒中，從她腹部的傷口，飛出了許多輕盈飄動的光點。

「堆三顆石頭是為了故鄉……迴向兄弟己身……」

隱藏在這首〈賽河原地藏和讚〉裡的祕密，就藏在葛葉體內。

我們反覆轉世了九次。

靈魂在等待投胎的期間，我在地獄累積實力，葛葉則在賽河原（註3）引導小孩子的魂魄前往黃泉。憑藉這些努力，我晉升為地獄的高官，葛葉則獲得了神格。

我們就這樣各自儲備最後一戰會需要的能力。

水屑注意到我們打算做什麼了。

「混帳晴明！你想幹嘛！」

她向我展開攻擊，甩來無數條長尾巴。

那些攻勢貫穿了我設在周圍的結界，削過我的肩膀、側腹和腿。

「……」

不愧是化為惡妖的水屑，現在的我完全不是對手。

但只要撐到唱誦完畢就好，只要我的身體能撐到那時就夠了。

我們把一切都賭在第九條命。

我想要完成和葛葉的約定。

為了他們的未來……

不過在唱誦到快結束時，那些黑鞭般的尾巴從正面突破結界，就快要把我和葛葉碎屍萬段了。

還是來不及嗎——

邪惡的殺氣逼近眼前，我心裡有一點要放棄了。此時——

眼前，黑色尾巴被兩把閃著銀光的刀擋開了。

看到出現在眼前的他們，我驀地睜大雙眼。

「我全部都聽見囉，叶。」

「你們真的奮戰了相當久的時間呀……」

他們舉刀的可靠背影就站在面前，回頭用堅定的眼神看著我。

天酒馨。

還有，茨木真紀。

昔日被稱為酒呑童子和茨木童子的兩個人。

註3：賽河原是三途川的岸邊平地，三途川則是陰陽兩界的分界線。賽河原是比雙親早夭的子女，為早夭的不孝而受苦的地方。這些子女為完成對雙親的供養，必須在賽河原堆石塔，每當石塔快完成時，鬼就會跑去把塔推倒，然後一切又必須重頭來過。

自己的兩個人類天敵突然現身，連水屑也難掩驚訝。

但她不僅沒有一絲焦急，還詭異地狐媚一笑。

「嗯、嗯，我早就猜到了。你們兩個會回來，一定會出現在我的眼前。」

她的語氣彷彿在說，演員終於到齊了。

「妳正在興頭上，但真不好意思，到此為止了，水屑。」

「妳先想辦法處理掉淺草上空那些叫黑點蟲的東西，我們不會讓妳完成連通常世和現世的蟲洞的。」

天酒馨和茨木真紀都非常強。

但水屑已經藉由陰陽逆轉化為惡妖了。站在那股異樣妖氣纏身的大魔緣前面，他們兩個的表情絕對不輕鬆。

他們一定能清楚感受到，水屑龐大的靈力。

惡妖化會讓靈力變成原來的好幾倍。

就算他們是酒吞童子和茨木童子的轉世，要靠人類的肉體對戰大魔緣是極為艱鉅的任務。

「呵呵呵，欸，酒吞童子大人。」

水屑以響亮的聲音詢問天酒馨。

「你是想替受人類迫害的妖怪建立一個容身之處，為了實現這份理想才建立了那個狹間之國，對吧？」

「……嗯，沒錯。」

「這樣的話，請你拯救常世的妖魔們，棄他們於不顧，算什麼妖怪之王啊。」

面對從雙眼流下血淚的水屑，天酒馨想必會去思考她的話中含意吧。

但他並非會因為這種話就喪失鬥志的男人。

「欸，茨姬，妳過去保護了許多弱小的妖怪。」

「……」

「關上那個蟲洞，就等同於對常世見死不救。就等同於舒舒服服過著好日子的妳們，對正在另一個世界受苦的生命見死不救，也就等同於妳選擇要守護現世受人類掌控下的虛偽和平。」

茨木真紀依然瞪著水屑。

「像妳這種滿懷慈悲的女王，做得出那麼無情的事嗎？」

他們之前肯定認為，在現在這種狀況下，不應該太過深入思考常世的情況。

在那個蟲洞另一端受苦受難的異界生命。

如果按照馨和真紀原本的個性，他們一定會想連那些生命一起救。

水屑看準這一點，試圖動搖他們的意志。

就在這時，我雙手用力合掌。

「！」

啪，俐落的聲響吸引了現場所有人的注意力。

我已經唱誦完〈賽河原地藏和讚〉，原本倚在我懷中的葛葉化為無數的光點，飛離我的雙臂在四周盤旋。

「水屑的話你們不要聽進去。茨木真紀，天酒馨，常世的問題，你們完全不需要放在心上。」

「……咦？」

「可、可是，老師……」

兩人的神色雖然沒因水屑的話而出現太大變化，但聽見我的話回頭望來的兩張臉上，果然都略顯遲疑。

正因如此，我必須把話向他們說清楚。

「你們應該守護的是現世。常世是註定要滅亡的。這是那個世界的居民歷經無數選擇，走過漫長歷史所導致的結局。事到如今，常世居民只能努力去理解，去接受這個結果。他們不反省自己的作為，一心想奪取現世，最後只會在這個世界重蹈覆轍罷了。」

重覆愚昧的行為。

殺人，或者被殺；搶奪，或者被搶——永遠不會停歇。

恨的循環，沒那麼容易斬斷。

「這種事，你們應該也在自己過去的故事中懂了，不是嗎……」

馨和真紀緩緩睜大雙眼。

四周，那些由葛葉幻化成的光點飛舞、交錯著，簡直像把我當成檞寄生一樣聚集過來。

那些是葛葉從常世帶來，一直養在自己體內，血統純粹的「妖星蟲」。

他們要遵照命令將我逐步吃掉。

「叶，你……該不會……」

「老師，欸～叶老師！你要做什麼？」

看到被蟲啃食，身體開了一個蟲穴的我，兩人察覺到我這麼做的意圖。

他們眼中是純粹的驚訝。我們明明是前世的仇人，他們眼裡卻沒有一絲敵意……

我從不敢想有一天你們會用這種眼神看著我，內心彷彿獲得了救贖。

「真紀，馨，你們聽好。我們現在要開始清除黑點蟲，一定要清乾淨。」

「咦……？」

「所以你們一定要打倒水屑。常世的事，你們不用管，戰鬥時只要一心想著打倒水屑就好。」

不要移開目光。

不要任何人都想拯救。

不用原諒我也沒關係。

很抱歉把你們牽連進我們的故事裡。

因此——

「你們發誓，自己會全心全意守護這個所愛之人生存的世界！」

最後留下這句話，妖星蟲就彷若滿溢而出般，朝四面八方飛去。

我這個存在，和多年來陪伴身邊最愛的妻子葛葉一起，融化在光中——

我的名字是，叶冬夜。

從我一生下來，就記得九條命的所有記憶，是一個極端怪異的人類。

荒謬而漫長，歷經多次生與死的旅程。

我們是為了什麼才花上這麼久的時間，用盡九條命，走到現在這一刻呢？

為了打倒水屑。

為了保護現世不受常世侵略。

為了清除我們發明出來的黑點蟲。

不，不對。

是為了讓你們有個幸福的未來。

只為了這個理由，我們漫長的旅途終於落幕。

後記

大家好，我是友麻碧。

「淺草鬼妻日記」系列第十集，真的讓各位久等了！

還有還有，我的書常會在最後一集的故事分成上下兩本，真是不好意思。（第十一集預計將於十一月底上市！（註4））

回歸正題。第十集的結尾，叶老師的戲份多到幾乎要讓人以為「叶老師才是主角嗎？」了。

至今為止他都是一個神祕的人物，但或許在某種意義上，他的確也是這個故事背後的主角。有機會把叶老師的「真實身分」和「背景」都描寫出來，身為作者我真的非常感動。

叶老師（晴明）雖然平常總擺出一副淡漠的神情，貌似冷靜透徹，其實是一個滿腔熱血，真誠而深情的人呢。為了真紀和馨，為了實現「這一世一定要讓你們獲得幸福」的目標，他一路走來真的、真的非常努力。

他的目標能順利達成嗎？他的心願能實現嗎？

話說回來，叶老師到底是發生了什麼事呢……

就請各位務必在接下來的最後一集中發掘了。

同月份，「淺草鬼妻日記」的漫畫作品〈妖怪夫婦未知的摯友之名②〉即將發售。（是本系列改編為漫畫的第八部作品）

對應到小說則是第四集的內容，大家可以一直欣賞藤丸豆之介老師優美又令人感動的圖稿到最後，請一定不要錯過。

由理和若葉的故事在小說第十集中也有進展，時間點非常恰巧！

富士見L文庫的責任編輯。

原本預計只出一本書，後來卻變成分成上下集出版，真的很感謝您幫忙調整各項事宜。我一直希望在最後的故事中製造高潮，能盡情寫出自己想寫的內容，我也非常開心。

負責插畫的あやとき老師。

註4：此處及後續內容為日本出版狀況。

插畫中水屑及叶老師這兩個重要角色的陰影運用十分出色，瀰漫著一股嚴肅的氣氛，相當符合第十集的內容，我很感動。真心感謝您這次也接下封面插畫的工作！

還有，各位讀者。

「淺草鬼妻日記」系列一開始的故事風格輕鬆開朗，卻意外有不少嚴肅的場面。「這一世一定要獲得幸福」這個主題從未改變，是許多角色心中共同的願望。

為了未來，是最後的主題。

擁有前世記憶的人們，受到過去束縛的人們，在此刻奮戰到底，為了創造幸福的未來做出選擇，向前踏出一步……請各位盡請期待本系列最後一集的故事。

我很期待能在第十一集再次與大家相會。

友麻碧

國家圖書館出版品預行編目資料

淺草鬼妻日記．十，妖怪夫婦大步迎向未來 / 友麻碧著；莫秦譯．-- 初版．-- 臺北市：臺灣角川股份有限公司，2024.03-
冊；　公分
譯自：浅草鬼嫁日記．十，あやかし夫婦は未来のために。
ISBN 978-626-378-703-2(上冊：平裝)

861.57　　113000519

輕文學 Light Literature

淺草鬼妻日記 十 妖怪夫婦大步迎向未來〈上〉
原著名＊浅草鬼嫁日記　十 あやかし夫婦は未来のために。（上）

作　　者＊友麻碧
插　　畫＊あやとき
譯　　者＊莫秦

2024 年 3 月 18 日　初版第 1 刷發行

發 行 人＊台灣角川股份有限公司
總　　監＊呂慧君
總 編 輯＊蔡佩芬
主　　編＊李維莉
美術設計＊李曼庭
印　　務＊李明修（主任）、張加恩（主任）、張凱棋

台灣角川

發 行 所＊台灣角川股份有限公司
地　　址＊104 台北市中山區松江路 223 號 3 樓
電　　話＊（02）2515-3000
傳　　真＊（02）2515-0033
網　　址＊http://www.kadokawa.com.tw
劃撥帳戶＊台灣角川股份有限公司
劃撥帳號＊19487412
法律顧問＊有澤法律事務所
製　　版＊尚騰印刷事業有限公司
I S B N＊978-626-378-703-2